Giancarlo de Cataldo

DER KÖNIG VON ROM

atb aufbau taschenbuch

Giancarlo de Cataldo, geboren 1956 in Taranto, lebt und arbeitet als Richter am Berufungsgericht in Rom. Er ist ständiger Mitarbeiter großer italienischer Tageszeitungen und Magazine und Herausgeber von Krimianthologien und verfasste zahlreiche Romane, Erzählungen und Drehbücher für Film und Fernsehen.

Im Aufbau Taschenbuch sind seine Mafiathriller »Romanzo Criminale«, »Schmutzige Hände« und »Zeit der Wut« (zusammen mit Mimmo Rafele) lieferbar.

Der junge Ganove Libanese begegnet im Gefängnis dem Camorra-Boss Pasquale 'o Miracolo. Es gelingt ihm, die Gunst des angeberischen Mafiosos zu gewinnen, der ihm einen verlockenden Deal vorschlägt: die Beteiligung am Veräußern einer Schiffsladung Heroin. Libanese hofft auf das Geschäft seines Lebens und setzt alles daran, möglichst schnell das nötige Geld aufzutreiben, um sich in das Unternehmen einkaufen zu können. Doch zunächst scheinen alle seine Vorhaben zum Scheitern verurteilt. Bis er einen waghalsigen Coup landet und sich plötzlich im innersten Zirkel der ebenso brutalen wie skrupellosen römischen Unterwelt wiederfindet.

Giancarlo de Cataldo

DER KÖNIG VON ROM

THRILLER

Aus dem Italienischen
von Karin Fleischanderl

Mit einem Nachwort
von Tobias Gohlis
und Giancarlo de Cataldo

atb aufbau taschenbuch

Die Originalausgabe unter dem Titel
Io sono il libanese
erschien 2012 bei Giulio Einaudi editore, Torino.

MIX
Papier aus verantwortungsvollen Quellen
FSC® C083411

ISBN 978-3-7466-3231-5

Aufbau Taschenbuch ist eine Marke
der Aufbau Verlag GmbH & Co. KG

1. Auflage 2018

Umschlaggestaltung www.buerosued.de, München
unter Verwendung eines Motivs von © Hayden Verry / Arcange
Druck und Binden CPI books GmbH, Leck, Germany
Printed in Germany

www.aufbau-verlag.de

I.

Rom, Oktober 1976

Rauchend und mit gleichgültigem Blick lehnte er, wie jemand, der sich im Gefängnis zu Hause fühlt, an der Mauer, die bereits warm war von der Morgensonne.

Plötzlich entstand am anderen Ende des Hofs eine Schlägerei. Er lief nicht hin, um neugierig zuzusehen. Er rannte auch nicht in seine Zelle, um sich rauszuhalten. Es ging ihn einfach nichts an.

Wärter kamen gelaufen, schwangen Knüppel. Sirenen heulten. Er blieb an seinem Platz stehen, gleichgültig, versunken in seine Träume, die sich allmählich in Luft aufzulösen drohten.

Doch da warf sich der blutüberströmte Junge plötzlich winselnd vor ihm auf den Boden, und der Riese, der ihn verfolgte, hob einen spitzen Metallsplitter, um ihm den Gnadenstoß zu versetzen.

Er erkannte den Jungen. Er begriff, dass ihm das Schicksal in diesem Augenblick eine große Chance bot, vielleicht die letzte, und mit einer blitzartigen Bewegung fing er den Arm des Angreifers auf halber Höhe ab.

Der Riese sah den kräftigen, dunkelhäutigen, nicht sehr großen Burschen mit dem struppigen Bart und den kalten Augen verdutzt an. Dann versuchte er ihm einen Kniestoß zu geben.

Das war ein Fehler.

Der Bursche war geschickt, mit bloßen Händen und mit dem Messer. Das hatte er bereits als Kind gelernt, von einer gnadenlosen Lehrmeisterin: der Straße. Wo man auf den ersten Blick kapiert, ob der Gegner ein Lamm oder ein Löwe ist. Ob er dazu bestimmt ist zu leben oder zu sterben. Er wich dem Hieb aus und verpasste dem Riesen einen Kopfstoß. Knochen krachten und splitterten, der andere griff sich mit den Händen an die Nase und ließ die Waffe fallen. Er legte noch einen Tritt in die Eier nach. Der andere ging zu Boden. Er packte den Metallsplitter, setzte sich rittlings auf seine Brust und hielt ihm die Spitze an den Hals.

Als der andere versuchte ihn abzuwerfen, stach er ihn ganz leicht, nur damit er verstand, dass er es ernst meinte.

– Wer bist du?

– Ich bin Libanese, antwortete er leise, fast flüsternd. Merk dir den Namen.

Da stürzten sich die Wärter von hinten auf ihn und prügelten ihn, bis er ohnmächtig wurde.

Auf der Krankenstation wachte er auf.

Ärzte wieselten um sein Bett herum. Der Wärter entschuldigte sich dafür, dass er ihn mit einem Bösewicht aus einem Film verwechselt hatte. Der Direktor lobte ihn dafür, dass er ein wertvolles Menschenleben gerettet hatte.

Er lächelte alle an, gab zu verstehen, dass er Ruhe benötigte, und sie ließen ihn in Frieden.

Libanese war fünfundzwanzig Jahre alt, er trug einen Kampfnamen, den bislang nur wenige, zu wenige, kannten, und er hatte eine fixe Idee.

Er wollte König von Rom werden.

Er war wegen Waffenbesitz festgenommen worden, und im Knast hatte er sich sofort an die Arbeit gemacht. Im Knast entstanden manchmal große Dinge.

Die Camorra diktierte die Gesetze, die Römer senkten demütig das Haupt. Die Römer schliefen. Er hatte die Aufgabe, sie aufzuwecken. Er hatte das Terrain sondiert: bei einem Dealer aus Tufello, einem Bankräuber aus Borgo Pio, einem jungen Einbrecher von der Borghesiana und einem Kredithai von der Piazza del Fico.

Keine Chance.

Solange er herumgeschwafelt hatte, hatten sie zugehört, hatten sogar Interesse an den Tag gelegt. Ja, gewiss, Rom is' nicht mehr wie früher … hier funktioniert nichts mehr … wir sind nicht mehr die Herren im eigenen Haus … man müsste sich was einfallen lassen. Aber kaum wurde er konkret, bekamen sie Schiss. Was? Ein Plan? Eine Organisation? Aber wir sind schon organisiert. Jeder hat seine Truppe, das reicht, denn in Rom sind zwei schon eine Gruppe, und drei sind eine Menge. Was hast du dir in den Kopf gesetzt, Libano? Willst es im großen Stil versuchen? Willst eine Bande gründen? Das ist eine Nummer zu groß für dich. Und außerdem arbeitet ja bereits Terribile im großen Stil. Doch, warum nicht.

Die Römer waren keine Gruppe, keine Seilschaft, gar nichts. Und er, der sie einigen wollte, der sie zu entschlossenen und unbesiegbaren Bandenmitgliedern machen wollte, war bloß ein Träumer.

Libanese hatte sich klein und unsichtbar gefühlt. Er hatte zu zweifeln begonnen. Er hatte sich ernsthaft überlegt, sein Leben zu ändern. Eine Arbeit zu suchen, zu heiraten.

Vielleicht war das doch eine Nummer zu groß für einen, der in den Gassen von Trastevere geboren und aufgewachsen war.

Vielleicht wollte Rom wirklich keinen König, weil Rom selbst keine Königin mehr war. Rom war bloß eine alte müde Hure, die ihren jungen Söhnen das letzte Blut aussaugte und sie wegwarf, wenn sie genug von ihnen hatte.

Dann war der blutüberströmte Junge vor ihm zu Boden gegangen. Ciro, der Neffe von Pasquale 'o Miracolo, dem legendären Camorraboss.

Jetzt schuldete Pasquale ihm einen Gefallen. Und wenn er wirklich ein Ehrenmann war, wie es hieß, würde er sich über kurz oder lang bei ihm melden.

Libanese würde Unterstützung in der Camorra haben. Ein Vorbild, an dem er sich orientieren konnte. Ein Vorbild, das er nachahmen und dann über Bord werfen konnte, um etwas ganz Neues zu beginnen. Etwas, das es noch nie gegeben hatte und das ihn zum König machen würde.

Aber die Tage vergingen, die blauen Flecken verschwanden, und Libanese darbte dahin, in Erwartung eines Zeichens, das nicht kam.

War also alles umsonst gewesen?

Er war wieder dort, wo er angefangen hatte, doch an dem Abend, als sie ihn in die Zelle zurückverlegten, überbrachte ihm der „Gefängnisbote", ein Relikt der Bande von Gobbo del Quarticciolo, eine Einladung zum Abendessen.

Das Wunder – Pasquale 'o Miracolo – war eingetreten.

II.

Komm rein, komm rein, mein Sohn … wir haben dich erwartet.

’O Miracolo, der in einem roten Samtsessel saß, schickte mit lässiger Geste einen Wärter weg und forderte Libanese auf näherzutreten.

– Bravo. Du hast das Richtige getan.

– Eigentlich habe ich gar nichts getan.

– Jetzt stell nicht dein Licht unter den Scheffel.

’O Miracolo war um die vierzig, klein, blond und bekam schon eine Glatze. Sein Leben spiegelte sich in seinem hageren Gesicht wider, in seinen wässrigen Augen, in denen immer wieder ein Funke Grausamkeit aufblitzte, in der Narbe quer über seiner Stirn, die von einem Messer herrührte. Er hatte ein schiefes, falsches Lächeln und viele Goldzähne. Er war von Tätowierungen bedeckt, trug einen roten Morgenmantel und türkische Pantoffeln. Seine Zelle war eine Art Suite, wie in einem echten, großen Hotel: Abgesehen von dem Sessel befanden sich in seinem Zimmer noch ein Sofa, ein Bett, auf dem die Flagge des SSC Neapel lag, und ein kleiner Tisch, auf dem ein Tablett mit getrockneten Früchten, einem riesigen Büffelmozzarella und Weinflaschen standen und Reste von Joints herumlagen. Flankiert wurde er von zwei jungen Männern, ungefähr so alt wie Libanese waren, und auf dem Sofa saß der Junge, den er vor dem Messerstecher gerettet hatte. Er betrachtete ihn aufmerksam. Er war blutjung, man hätte ihn leicht für minderjährig halten können.

– Das ist mein Neffe Ciro. Ciro, begrüß Libanese.

Ciro stand mühsam auf und trat auf Libanese zu, um ihm die Hand zu drücken, wobei er das verletzte Bein hinter sich herschleifte.

– Du hast abbekommen, was für mich bestimmt war. Ich schulde dir einen Gefallen.

Libanese drückte ihm ebenfalls die Hand, nickte zustimmend. Er wusste nicht, was er sagen und wie er sich verhalten sollte. Schweigen und ein höfliches Lächeln schienen ihm die beste Strategie zu sein.

– Und das sind Maurizio und Ciccillo. Los, Burschen, grüßt.

Noch mal Händeschütteln, Dankesbekundungen, Lächeln. Libanese stand noch immer wie eine Salzsäule da.

– Willst was trinken? Willst einen Joint? Los, nimm dir, nur keine Umstände! Und setz dich, da, neben mich … Warum bist du im Knast?

– Waffen.

– Eigene?

– Meine und die von anderen. Ich habe sie verwahrt.

– Und wie viel haben sie dir dafür gegeben?

– Ein paar Lire im Monat.

– Hast du dich schuldig bekannt?

– Ich hab alles abgestritten.

– Und was für ein Märchen hast du dem Richter und der Polizei erzählt?

– Die Waffen waren in einem Wohnwagen versteckt, in zwei Taschen. Die Fenster des Wohnwagens waren kaputt. Jeder, der mir hätte schaden wollen, hätte sie dort deponieren können.

– Und das haben sie geschluckt?

– Ich bin nicht verurteilt worden.

– Sehr gut. Ein kaputtes Fenster … kann funktionieren …

Nach zwei Whiskys fühlte sich Libanese nicht mehr so wohl. Pasquale versuchte zu erklären, warum Ciro angegriffen worden war. In Neapel ginge es nämlich ein wenig drunter und drüber, beziehungsweise, um die Wahrheit zu sagen, sei dort die Hölle los. Sein direkter Vorgesetzter, der oberste Boss der Neuen Camorra, Raffaele Cutolo, 'o Professore genannt, befand sich mit einigen Vertretern der alten Familien im Clinch.

– Leute, die nicht wissen, was sich gehört!

Mit einem Wort, es herrschte Krieg. Totaler Krieg auf den Straßen und in den Gefängnissen. Es gab schon eine Unzahl von Toten. Der Angriff auf Ciro war nur eine weitere Episode in diesem Krieg gewesen. Einem Auftragskiller, einem Heroinsüchtigen, der schon seit einer Ewigkeit im Knast hockte, hatten sie ein Messer in die Hand gedrückt und ihm das Blaue vom Himmel versprochen, wenn er seine tödliche Mission erfüllte.

– Aber er hat seine Belohnung nicht mehr genießen können, der Arme, seufzte 'o Miracolo theatralisch.

– Sie haben ihn ins falsche Gefängnis verlegt, erklärte Ciro.

Lautes Gelächter, das 'o Miracolo mit Ausspucken und einem Fluch bekräftigte:

– Scheißen soll er gehen samt seiner Scheißfamilie!

Libanese beschränkte sich auf ein halbherziges Grinsen. Was wusste er schon vom Moralkodex der Camorra? 'O Miracolo wurde wieder ernst.

– Auf jeden Fall stehen wir in deiner Schuld. Wir sind Leute, die keinem was schuldig bleiben. Also wünsch dir was. Und wenn es in unserer Macht steht, werden wir deinen Wunsch erfüllen.

Libanese dachte eine Zeit lang nach. Eine heikle Sache. Um etwas zu bitten, hieß sich unterwerfen, und Unterwerfung war nie eine gute Strategie. Um nichts zu bitten, hieß stolz zu sein, und auch Arroganz war keine gute Strategie. Aber irgendeine Entscheidung musste er treffen. Jetzt, wo er Pasquale an der Angel hatte, durfte er ihn nicht mehr loslassen.

– Nun, mein Junge?

Ciro drehte sich einen Joint. Die anderen blickten ihn mit ausdruckslosen Augen an. Pasquale feilte sich die gepflegten Nägel, scheinbar in Gedanken versunken.

– Mir geht es hier gut, Don Pasquale ... Es reicht mir zu wissen, dass ich mich Ihrer Freundschaft rühmen kann.

Der Camorraboss lächelte. Libanese kannte diese Art von Lächeln, ein zweideutiges, schwer einzuordnendes Lächeln. Er kannte es, weil er selbst auch so lächelte. Es war eine Methode, um Zeit zu gewinnen. Um zu begreifen, wie ihm einmal ein alter Sizilianer erklärt hatte, ob man eine fade oder eine würzige Speise vor sich auf dem Teller hatte.

Dann stand 'o Miracolo langsam auf und bedeutete ihm, ebenfalls aufzustehen. Als sie sich Auge in Auge gegenüberstanden, umarmte ihn der Neapolitaner übertrieben herzlich.

Du hast die richtige Antwort gegeben, Libanese.

III.

Als er im Besucherzimmer seiner Mutter gegenüberstand, stieg Wut in ihm hoch. Wer hatte es ihr gesagt? Wie hatte sie es erfahren? Signora Pina durfte nicht belästigt werden, auf keinen Fall, an diese Anweisung hatten sich seine Freunde unbedingt zu halten. Der Anwalt hatte bindende Anweisungen erhalten. Die einzige Erklärung war, dass sich die Neuigkeit herumgesprochen hatte, und auch darüber hatte Libanese keine Macht, wie über vieles andere. Er und Signora Pina stammten aus zwei verschiedenen Welten. Sie hatten sich nie akzeptiert. Er hatte ihr nie klarmachen können, dass auch sie dazu beigetragen hatte, dass er so geworden war. Dass er aufgegeben hatte. Sie gingen sich aus dem Weg, sie sprachen kaum miteinander. Wenn er ihr Geld geben wollte, lehnte sie ab. Aber jetzt war sie da. Und in ihrem Blick loderte wie immer die zähe Flamme der Mutterliebe.

Eine Liebe, die er nicht verdient hatte, dachte Libanese. Eine falsche Liebe. Sie wechselten ein paar beiläufige Sätze, er versuchte sie aufzumuntern, dann rief sie den Wärter und ließ sich hinausführen.

Später im Hof musste er auch noch die tröstenden Worte von Pasquale 'o Miracolo über sich ergehen lassen.

– Ja, ich weiß. Es is' hart, wenn die Mama kommt … zumindest am Anfang … aber mit der Zeit wird's besser,

Junge, man gewöhnt sich daran … Dabei machen wir es ja auch ihnen zuliebe, nicht wahr?

'O Miracolo hatte ja keine Ahnung.

Auf jeden Fall waren sie unzertrennlich geworden. Sie duzten sich. Libanese war in die Zelle neben der von Pasquale verlegt worden. Der Camorraboss hatte ihn sichtlich ins Herz geschlossen. Ihre Freundschaft würde ewig währen. Libanese war ihm so teuer wie sein Augenlicht. Er hatte Ciro gerettet. Ciro war sein Lieblingsneffe, er hatte ihn großgezogen wie einen Sohn, er wäre untröstlich gewesen, wenn er vor seinen Augen umgebracht worden wäre. Im Klartext hieß das, dass er sich schön blamiert hätte und dass der Ruf von Pasquale 'o Miracolo den Bach runtergegangen wäre.

Wenn es nach ihm ginge, gestand ihm 'o Miracolo, hätte er ihn sofort in die Organisation aufgenommen.

– Aber eine Taufe muss von der ganzen Organisation bewilligt werden, erklärte er mit leichtem Bedauern, das ist eine unglaublich lange Prozedur, und vom Knast aus ist das kompliziert. Ich hoffe, ich komme bald raus, der verdammte Anwalt bekommt ja ein Heidengeld dafür … in diesem Scheißland kann man sich nicht mal auf das Gesetz verlassen … Sobald wir draußen sind, sieht die Sache anders aus …

Libanese täuschte leises Bedauern vor. „Aufgenommen" zu werden, hätte bedeutet, im Namen der Familie auftreten zu können, aber auch der Sklave der Familie zu sein. Doch er hatte ein ganz anderes Ziel. Er wollte eines Tages selbst bestimmen, wer in seine Bande aufgenommen und wer bestraft werden sollte. Niemals Sklave, sondern immer sein eigener Herr sein. Umso besser.

Aber die Schule der Camorra funktionierte.

Pasquale erklärte ihm die Struktur der Organisation, des „Systems“, wie er sie nannte. Er erzählte ihm von den lange zurückliegenden Anfängen der Camorra, die zu Zeiten der Spanier gegründet worden, und deren Schutzpatron der Erzengel Michael war, der vom lieben Gott in Gestalt von drei magischen Rittern, Osso, Mastroso und Carcagnoso, auf die Erde geschickt worden war, mit der Aufgabe, edle und gerechte Männer zu rekrutieren (nicht schon wieder die alte Leier!). Er zeigte ihm ein uraltes Pergament, geschrieben in einer unverständlichen Sprache („Das is' die alte Sprechweise, Sohn, höchst geheim!“) und wo die wichtigsten Regeln der Gruppe angeführt waren, und er erklärte ihm deren angeblich geheimen Sinn. Im Klartext: 'O Masto, dem Boss, musste man unbedingt gehorchen. Solange sich dieser als würdig erwies. Sobald er sich nicht mehr als würdig erwies, musste er ersetzt werden. Während 'o Miracolo begeistert erzählte, musste Libanese sich bemühen, keine zynischen Bemerkungen zu machen. Der liebe Gott, der hl. Michael, das Pergament, das Geheimnis … Was war an einer Bande, bei der du unten bist, solange du schwach bist, und im Augenblick der Stärke den ersetzt, der eben noch über dir war, göttlich, heilig und geheim? Das war keine Bande, das war das Gesetz der Straße, wie es Terribile diktierte, ein Gesetz ohne Flagge und ohne Ehre. Um sich als Hurensohn zu fühlen, musste man nicht die Heiligen bemühen.

– Vielleicht kommt dir das alles altmodisch vor, fügte 'o Miracolo hinzu, als ob er seine Gedanken lesen könnte, aber es funktioniert, glaub mir, es funktioniert. Es gefällt den Analphabeten und gibt ihrem Leben einen Sinn, sie fühlen sich dann als Teil einer Tradition … wenn du in den Quartieri von Neapel auf die Welt gekommen bist so wie ich, spürst du das instinktiv, Sohn …

Aber selbst Pasquale 'o Miracolo musste zugeben, dass manches im Argen lag. Die Familien waren zerstritten. Es fiel ihnen schwer, sich zu einigen. Die Sizilianer und die Kalabresen waren schon viel weiter. Sie wussten, was Respekt bedeutete.

Und nun war es an der Zeit, über Raffaele Cutolo zu sprechen. 'O Miracolo führte Libanese in seine Zelle und drückte ihm ein von Hand beschriebenes Heft in die Hand.

– Das sind die Gedanken von 'o Professore. Du musst ihn unbedingt kennenlernen, er ist ein großer Mann! Der größte von allen. Gleich nach Jesus und diesem Wissenschaftler, wie heißt er doch gleich? Einstein … Sobald wir draußen sind, stell ich ihn dir vor. Fürs Erste lies mal diese Dokumente.

Später lag Libanese auf seiner Pritsche, rauchte einen Joint nach dem anderen und las immer wieder die Gedanken und Worte des Professors. Cutolo wollte die Camorra nach dem Vorbild der sizilianischen Mafia umformen. Eine horizontale Organisation in ein vertikales System umwandeln. Er hatte sich selbst zum obersten Leader ernannt. Die Grundidee war ja nicht schlecht, stimmte mit Libaneses Plänen überein. Aber das Ganze klang so schnulzig wie ein mittelmäßiger neapolitanischer Schlager. Die vielen archaischen Rituale waren bloß Zeitverschwendung. In Rom funktionierte das bestimmt nicht. In Rom musste man so schnell und unsichtbar sein wie die Katzen im Portikus der Oktavia, und genauso schlau und gnadenlos wie sie. Aber es musste einen Sinn haben, man durfte sich nicht auf Theaterdonner beschränken. Nicht in Rom.

Libanese ließ das Heft fallen und schaltete das Radio ein, das 'o Miracolo ihm geschenkt hatte. Mia Martini sang das *Minuetto* von Califfo. Tief im Herzen spürte Libanese einen Stich. Er zog am Joint und dann noch einmal, zornig. Der Marokkaner stieg ihm ins Hirn. Er sah seinen Doppelgänger. Er war reich und mächtig. Er war nackt und blickte von einer wunderschönen Terrasse voller Blumen und exotischer Pflanzen auf Rom hinunter. Er trat ans Geländer. Die tausend Lichter der Stadt tanzten unter ihm. Er stieß einen Schrei aus. Der Schlager war zu Ende.

Er saß in einer Scheißzelle, nirgendwo sonst.

Aber er würde nicht mehr lange hier sein.

Er kämpfte gegen die hartnäckige Benommenheit. Jemand öffnete die Tür. Ein bleicher Wärter und ein aufgeregter Ciro tauchten auf.

Benommen folgte er ihnen.

IV.

Plötzlich stand er in der Zelle von Pasquale 'o Miracolo. Ciro, Ciccillo und Maurizio schliffen lange Nägel, um daraus tödliche Waffen zu machen. Der Wärter verabschiedete sich und verschwand gemeinsam mit den drei Jungs.

– Heute Nacht schläfst du hier, sagte Pasquale und zeigte auf das Sofa und eine raue Decke.

Libanese wurde stocksteif. Der andere lachte herzlich.

– Mein Sohn, du brauchst nicht zu fürchten, dass ich plötzlich schwul geworden bin … is' nur eine Vorsichtsmaßnahme.

Dann sprach 'o Miracolo das verhängnisvolle Wort aus: Revolte. Das Gefängnis war in Aufruhr. Die Häftlinge verbrannten Matratzen und trommelten unablässig an die Gitterstäbe. Drei oder vier Wärter waren als Geiseln genommen worden. In ein paar Stunden würden Spezialeinheiten eingreifen. Aber die Revolte, erklärte 'o Miracolo, war nur eine Finte. Sie mussten eine Rechnung begleichen mit einem Verräter, einem von der Pignasecca-Familie. Der war auf ihn angesetzt worden, um Zwietracht zu säen, der würde seine gerechte Strafe bekommen.

– Also, als das Durcheinander losgegangen ist, hast du den Wärter, 'nen braven Jungen, gebeten, vorübergehend in meiner Zelle untergebracht zu werden, weil du dich hier in Sicherheit fühlst, und das ist dir auch erlaubt worden. Und natürlich … haben wir fünf eine schöne Partie Karten gespielt, wir beide, Ciro, Ciccillo und Maurizio.

– Aber klar doch!

Es war eine lange und merkwürdige Nacht. Sie tranken Whisky, rauchten Joints, schnieften Koks. Libanese gewann ein Vermögen beim Poker. Solange es um symbolische Einsätze ging, war er unschlagbar. Mit echtem Geld hatte er Probleme. Draußen auf den Gängen hörte man Schreie in der Ferne, ein paar Schüsse. Rötlicher Schein leuchtete hinter den vergitterten Fenstern.

Ciro, Ciccillo und Maurizio kamen im Morgengrauen zurück, begleitet vom üblichen Wärter. Sie waren blutüberströmt. Sie zogen sich aus, überreichten dem Wärter die schmutzigen Kleider und gingen der Reihe nach duschen. Als sie frisch und sauber zurückkamen, erklärten sie, dass sie ihre Mission erfüllt hatten.

Bei der Gelegenheit hatten sie noch ein paar andere kaltgemacht, beziehungsweise aus dem Weg geräumt.

– Verräter?, erkundigte sich Libanese, der plötzlich völlig klar war.

– Zwei Trottel, die sich nicht rechtzeitig in ihrer Zelle eingeschlossen haben, erklärte Ciro zynisch.

– War das notwendig?, fragte Libanese.

– Wie meinst du das?

– Die beiden zu töten. Das sind doch sinnlose Morde, oder nicht?

'O Miracolo schnaubte, als hätte er einen begriffsstutzigen Schüler vor sich.

– Ja schon, aber hin und wieder muss man einen Mord begehen, auch wenn er sinnlos erscheint … Morde machen Angst, verstehst du, sie machen Sinn, wenn auch nicht auf den ersten Blick … Terror macht Sinn … auf den Mord heute hätte man verzichten können … nicht aber auf den Mord für die Ewigkeit … hast du verstanden?

– Und wenn sie dich fassen? Ich meine, wenn du ausgerechnet für diesen „sinnlosen“ Mord büßen musst … wo liegt da der Vorteil?

– Mein Sohn, unterbrach ihn der Camorraboss ungeduldig, ohne Mord kein Leben.

V.

Als der Aufstand vorbei war, erinnerte sich der Staat angesichts der drei blutüberströmten Leichen seiner Aufgaben, und alle Häftlinge wurden in die Zellen gesperrt, sorgfältigen Leibesvisitationen unterzogen, mehrmals verhört. Libanese wähnte sich in absoluter Sicherheit. Niemand hatte ihn bei irgendeiner gewalttätigen Aktion gesehen, nicht einmal bei der kleinsten, und der Direktor bezeugte, dass er sich immer als Musterhäftling benommen hatte.

Aber ein junger Staatsanwalt ließ nicht locker und befragte ihn peinlich genau zum Alibi der Camorristi. Er legte ihm sogar nahe, sich einen Anwalt zu nehmen, denn es könnte durchaus sein, dass er angeklagt werden würde.

– Was hab ich getan, Herr Richter? Ich hab mich nicht am Aufstand beteiligt, protestierte Libanese, lammfromm.

– Meiner Meinung nach, sagte der Staatsanwalt eiskalt, war der Aufstand nur eine Inszenierung. Der Anschlag galt dem Boss der Pignasecca, und die beiden armen Teufel sind zufällig in die Schusslinie geraten und von den beiden Bestien abgestochen worden. Ich frage mich nur, ob Sie nur dazu benutzt werden, ein Alibi zu liefern, oder ob Sie an der Planung des Verbrechens beteiligt waren. Sie können sich also zwischen

Begünstigung und Beihilfe zum Mord entscheiden. Um mich klar auszudrücken: entweder zwei Jahre bedingt oder lebenslänglich.

– Meiner Meinung nach, erwiderte Libano, wobei er wieder die Miene des Wolfs aufsetzte, reden Sie einen Haufen Scheiße.

Der Richter war ein aalglatter Typ, ein wenig angespannt, mit Bürstenschnitt und runder Brille. Er trug tatsächlich das Antlitz des Staates, der beschlossen hatte, ernst zu machen. Dumm war er nicht, immerhin hatte er ins Schwarze getroffen. Libanese landete in Einzelhaft. Der Richter ließ sich hundertmal die Geschichte von der berüchtigten Nacht erzählen, und Libanese spielte hundertmal mit, ohne zu wanken. Ein paar Nächte lang machte sich Libanese Sorgen. Wenn ein Verräter sie verpfiff und die Wahrheit über Ciro und die beiden anderen erzählte, würde das Lügengebäude einstürzen.

Lebenslänglich war aus der Luft gegriffen, das wusste Libanese selbst, aber man konnte nie wissen. Allerdings hätte er nie und nimmer gestanden, das entsprach nicht seiner Moral, allein der Gedanke daran war widerwärtig. Aber auch die Vorstellung, für den schlauen 'o Miracolo den Kopf hinzuhalten, war nicht gerade berauschend.

Wenn es glattging, würde er im Ansehen steigen.

Es ging glatt.

Die Luft war raus. Trotz verlockender Angebote und Drohungen war niemand bereit gewesen, den genauen Tathergang zu schildern. Die Intuition des brillanten Ermittlungsrichters verpuffte im Leeren, und Libanese wurde wieder in die Zelle zurückgeschickt, man entschuldigte sich sogar bei ihm. Als er das letzte Verhörprotokoll unterschrieb, hielt ihm der Richter eine Moralpredigt.

– Sie sind ein intelligenter junger Mann. Ruinieren Sie sich nicht das Leben. Die haben Sie doch nur benutzt, weil es ihnen gerade in den Kram gepasst hat. Sie würden keine Sekunde zögern, Sie loszuwerden.

– Auch Sie sind ein intelligenter junger Mann, Herr Richter. Verschwenden Sie nicht Ihre Worte. Sie können sich Ihre Strafpredigt sparen.

Allerdings musste er widerstrebend zugeben, dass die Brillenschlange nicht ganz Unrecht hatte. 'O Miracolo hatte ihn benutzt, er hatte ihm ein Alibi für den Zeitpunkt des Massakers geliefert. Es war das alte Spiel: Eine Hand wäscht die andere. Aber jetzt waren sie quitt. Libanese hatte Ciro gerettet, und Pasquale hatte ihn an seinem Hof aufgenommen. Dann hatte er ihm ein Alibi verschafft, dafür hatte er ihm ein paar Lektionen in Sachen „Mord" erteilt. Die musste er in Zukunft beherzigen. 'O Miracolo hatte ihm klargemacht, dass Gewalt nicht notwendigerweise mit Rationalität zu tun hatte. Und manchmal musste man seinem Trieb freien Lauf lassen, einfach weil es Spaß machte. Allzu große Kontrolle war nämlich unter Umständen schädlich. Es war unmöglich, bei einem Druckkochtopf ständig die Ventile zuzumachen. Der Dampf musste entweichen, sonst gab es irgendwann eine ordentliche Explosion. Und wenn es eine ordentliche Explosion gab, flogen alle in die Luft, die Guten und die Bösen. Und genau diese Explosion musste man verhindern. Das war der Zweck der vielen geplanten und kontrollierten kleinen Explosionen.

Der vielen kleinen Morde.

Am nächsten Morgen besuchte ihn 'o Miracolo in der Zelle.

– Mein Sohn, heute kommst du raus. Ich wollte dir die Nachricht überbringen.

Libanese fragte ihn nicht, woher er das wusste. Don Pasquale wusste immer alles. Und es war Pasquale wichtig, dass alle das wussten. Einerseits freute er sich, dass Libanese entlassen wurde, andererseits, dass er nicht gesungen hatte. Das bedeutete, dass er die richtige Wahl getroffen hatte. Ohne Gegenleistung tat 'o Miracolo nämlich nie jemandem einen Gefallen, aber diesmal machte er eine Ausnahme. Auch darin war er ein Meister.

– Hast du dreihundert Mille, Libano?

– Wäre ich dann hier?

– Mit dreihundert Mille könntest du in ein großes Geschäft einsteigen.

– Wie groß?

– Ein Schiff voll Heroin. Wir arbeiten mit den Sizilianern und den Kalabresen zusammen.

– Tja, so viel Kohle hab ich nicht.

– Schade.

Genau das war der Punkt. Er hatte kein Geld. Er war ein kleiner Fisch, nicht der König von Rom. Es war zum Verzweifeln.

– Wann soll die Sache steigen, zu Ostern?

– Wir haben keine Eile, 'o Professore kümmert sich noch um die Abmachungen.

– Ich kann versuchen es aufzutreiben.

– Wir machen es so: Geh zu Mario il Sardo. Er ist unser Mann in Rom. Er is' ein bisschen gierig, aber trotzdem ein braver Junge. Sag ihm, dass ich dich schicke. Vielleicht kann er dir helfen.

– Kannst dich drauf verlassen.

VI.

Dandi, Bufalo und Scrocchiazeppi warteten in *Francos Bar* auf ihn, um ihren frisch entlassenen Freund gebührend zu feiern.

Dandi bestellte eine Flasche Champagner.

– Aber französischen, bitte sehr, und kalt, keinen billigen Sprudelwein aus Neapel, den du deinen Kunden andrehst, Fra'!

Es folgten Küsse, Umarmungen, Schulterklopfen, vulgäre Witze, mit denen sie betonten, wie sehr sie sich über das Wiedersehen freuten, und die die allgemeine Rührung zum Verschwinden brachten, die wahre Männer nie zeigen durften.

Keiner entschuldigte sich dafür, ihn nie im „Hotel Rom" besucht zu haben. So lauteten nun mal die Regeln. Wenn ein Junge seine Strafe abbüßte, vertschüssten sich die anderen. Niemals die Polente mit unnötigen Kontakten auf die Fährte locken! Mütter, Brüder, allenfalls Anwälte hatten die Aufgabe, wichtige Nachrichten zu überbringen.

Libanese fragte, welcher Wind gerade auf der Straße wehte.

– Ein laues Lüftchen. Flaute, seufzte Dandi traurig.

– In Rom laufen mehr Bullen als Huren rum, bekräftigte Bufalo.

– Und hast du im Knast irgendeinen Tipp bekommen?, fragte Dandi.

Libanese zündete sich eine Zigarette an und gönnte sich eine Denkpause. Dandi, Bufalo, Scrocchiazeppi: seine Leute. Sie hätten nicht unterschiedlicher sein können: Dandi war ein Salonlöwe aus der Innenstadt, so wie die Römer seit ewigen Zeiten waren. Er war in Tor di Nona zur Welt gekommen, und um ihn in die Vorstadt zu deportieren, war Staatsgewalt vonnöten gewesen. Er wurde nicht müde zu schwören, dass er eines Tages wieder nach Hause zurückkehren würde, als Signore. Als Herr der Innenstadt. Er hatte eine Schwäche für schöne Kleider und schwere Motorräder, für Schmuck und Frauen. Er war intelligent und opportunistisch. Sie waren seit ewigen Zeiten befreundet, und das zählte. Bufalo hingegen wohnte in der Gegend der Viale Marconi. Wenn es ihm in den Kram passte, spielte er den Verrückten, aber er war der Einzige von ihnen, der noch zur Schule ging. Verstand besaß er genug. Auch in Sachen Mut stand er niemandem in nichts nach. Allerdings war er tatsächlich ein wenig verrückt. Wenn er zur Tat schritt, musste man ihm manchmal das Händchen halten, und niemand konnte ihn daran hindern, sich in Schwierigkeiten zu stürzen. Scrocchiazeppi war klein und dünn. Er sah aus, als würde er beim ersten Windstoß davonfliegen wie ein Luftballon. Auf der Erde hielt ihn vielleicht nur sein Messer, mit dem er seit seiner Kindheit umgehen konnte wie ein Blinder. Er war in einer Baracke in Torre Angela zur Welt gekommen und aufgewachsen. Er war großzügig, nicht allzu gierig und nicht übermäßig verschlagen. Keine Intelligenzbestie, aber an seiner Loyalität war nicht zu zweifeln.

– Nichts Interessantes, antwortete Libanese schließlich.

Dandi, Bufalo, Scrocchia. Seine Kameraden, seine Brüder, seine Leute. Gemeinsam sind wir stark, sagte sich Libano. Aber wir brennen noch auf Sparflamme, haben noch keine explosive Kraft. Hin und wieder ein kleiner Coup, ein paar Tage gutes Leben, und dann fingen sie wieder von vorne an und zerbrachen sich den Kopf darüber, wie sie den nächsten Tag überleben würden. Wie alle Römer waren auch sie Anarchisten, Individualisten, allergisch gegen Disziplin.

Sie brauchten einen Führer, einen Boss.

Er musste sie für das Geschäft mit dem Drogenschiff gewinnen

Aber zur richtigen Zeit. Sie waren noch nicht bereit.

Bufalo und Scrocchia schlugen vor, eine Partie Billard zu spielen. Libanese lehnte ab.

– 'Ne Runde Karten?, versuchte es Bufalo noch einmal

– Bin in Gedanken gerade woanders, erklärte Libanese.

– Los Jungs, kommentierte Dandi augenzwinkernd, lasst ihn in Frieden. Nach den schwedischen Gardinen braucht ein Mann was ganz Bestimmtes …

– Bravo Dandi, du kennst mich.

Aber Libanese dachte in diesem Augenblick überhaupt nicht an Frauen.

Er dachte nur an Mario il Sardo.

Als er seine Freunde verlassen hatte, suchte Libanese die auf, die wussten, wo Sardo zu finden war. Man sagte ihm, Mario il Sardo hätte sich in letzter Zeit mit

Nembo Kid zusammengetan. Er würde sie auf einer Baustelle an der Laurentina finden.

Aber nur Nembo Kid war dort. Er trug einen Helm und schiss gerade ein paar marokkanische Maurer zusammen.

– Ja, wen sieht man denn da? Unseren Libano! Du hast dich gut gehalten im Knast. Du hast nicht gesungen, dabei haben sie dir gewiss zugesetzt.

– Du kennst mich ja.

– Ja, schade nur um die Waffen … jetzt müssen wir ein neues Versteck suchen.

– Ich denk darüber nach. Aber du wirst mir doch nicht erzählen, dass du unter die Maurer gegangen bist? Steht die Welt jetzt Kopf?

Nembo Kid lachte herzlich. Er war ein großer Junge und hatte Hände wie Hammer. Angeblich war Terribile drauf und dran, ihn zu seiner rechten Hand zu machen. Aber Nembo Kid war okay, auch wenn er „angeblich" ein bisschen zu sehr in die eigene Tasche arbeitete.

– Das Baugrundstück gehört Freunden aus Sizilien, sie kontrollieren auch die Genossenschaft, die dieses Meisterwerk von einem Sozialbau errichtet. Da steckt auch Geld von Pescespada und Secco drin.

– Secco?

– Das ist ganz ein Schlauer, kannst mir glauben. Keiner bringt Geld so in Umlauf wie er.

– Und was hast du mit Secco zu tun?

– Ich hab auch was investiert. 'Ne Kleinigkeit. Fünfzig Riesen.

Nembo wusste, wo's langging. 'Ne Kleinigkeit, fünfzig Millionen! Libanese versteckte seinen Neid hinter einem höflichen Lächeln.

Nembo Kid zündete sich eine Zigarette an.

– Es hat ein wenig Ärger mit den Arbeitern gegeben, du weißt ja, wie die sind, reden dauernd von der Gewerkschaft … mit einem Wort, man musste ihnen ein wenig den Kopf waschen, deshalb bin ich hier. Übrigens, wenn du einen Job brauchst …

Libanese ließ den Blick über den Rohbau gleiten, der wie ein hässliches Skelett mitten auf der kahlen Wiese stand. Nicht einmal ein Baum, um vor der Hitze Zuflucht zu suchen. Wenn im Sommer die Sonne vom Himmel brannte, war es hier siedend heiß. Auf einem Schild die großspurige Aufschrift: „Wohnanlage Aufgehende Sonne!" Ja, und Tausendundeine Nacht! Bevor er, Libanese, in so einem Bienenstock oder besser gesagt in so einem Ameisenhaufen landete, denn auch Bienen haben eine gewisse Würde, bevor er so tief sank, gab er sich lieber die Kugel. Nein, er würde sich vom bedeutendsten Architekten in Rom eine Villa bauen lassen. Und vielleicht würde er dort sogar Bilder eines berühmten Malers aufhängen.

– Nein, ich brauche keinen Job, danke. Ich suche Mario il Sardo.

Nembo Kid musterte ihn argwöhnisch.

– Und warum willst du ihn sehen?

Libanese gestand ihm einen Teil der Wahrheit. Nembo Kid stand in der Verbrecherhierarchie eine Stufe über ihm, und es war nicht klug, sich in Geheimnisse zu hüllen. Das hätte zu Argwohn und Tratsch geführt. Und seine Verbindungen zur Camorra würden ohnehin bald ans Tageslicht gekommen.

– Ich soll ihm etwas von Pasquale 'o Miracolo ausrichten.

– Tja, da wirst du wohl noch warten müssen. Sardo ist noch gute zehn Tage im Knast. Er sitzt in der Anstalt für geistig abnorme Rechtsbrecher in Anversa.

Libanese zuckte mit keiner Wimper. Er schluckte die Enttäuschung runter und ließ sich nichts anmerken.

– Gut. Ein Problem weniger.

Er verabschiedete sich von Nembo Kid und ging zu seinem Mini zurück, in dem es so heiß war wie in einem Krematoriumsofen.

Es würde sehr, sehr schwierig werden, die verdammten dreihundert Riesen aufzutreiben.

VII.

Ein paar Tage später traf sich ein großer Teil der römischen Unterwelt im *Open Gate,* um den Ausweisungsbescheid von René alias Trescic zu feiern, dem letzten der Marseiller Bande, der nach der Festnahme der drei B, Berenguer, Bergamelli und Bellicini, auf freiem Fuß war. Die großen Bosse hatten beim Prozess mehrjährige Gefängnisstrafen bekommen, aber Trescic war aus Mangel an Beweisen mit einem Ausweisungsbescheid davongekommen. Und er feierte so, wie es den Marseillern entsprach: mit einem sinnlosen und protzigen Fest. Komisch an der Sache war nur, dass die Marseiller genau das als „Stil" bezeichneten. Die Marseiller, für die die Römer der letzte Dreck waren, nichts anderes als Befehlsempfänger und Sklaven. Die Marseiller, die in Libaneses Augen bloß groteske Gangster einer Schmierenkomödie waren.

Scrocchiazeppi, der illegal in einem Sozialbau in Tufello wohnte, hatte sich eine schreckliche Bronchitis geholt, weil es dort keine Heizung gab, und so waren sie nur zu dritt: Libanese, Dandi und Bufalo. An den Türen stand eine Horde von Rausschmeißern. Unbekannte Gesichter, aber Profis. Dandi, der sich einen eleganten Kamelhaarmantel zugelegt hatte, kam problemlos rein. Bufalo und Libanese, die schwarze Lederjacken trugen, mussten die Einladung vorzeigen. Libanese missfiel die herablassende Geste, mit der der Türsteher sie aufforderte hineinzugehen, dachte jedoch, es lohne sich nicht, Ärger anzufangen. René Trescic und sein Fest waren ihm herzlich egal. Er hatte nur deshalb zugestimmt, seine Freunde zu begleiten, weil auch das hier Arbeit war. Irgendwo musste er ja anfangen und die dreihundert Riesen auftreiben.

Libanese nahm sich ein Glas und blickte sich um. Discokugel, leise Musik, Paare, die sich in den Separees aneinanderdrängten, heitere Tischgesellschaften, Huren, ehrbare Leute, Ehefrauen, Kavaliere, Bodyguards, schrilles Gelächter.

Rom.

Bufalo verzog sich mit einer Flasche in einen einsamen Winkel und begann sie mit religiöser Andacht zu leeren. Er würde sich erst von der Stelle rühren, wenn er sie ausgetrunken hatte. Vielleicht fühlte auch er sich fehl am Platz.

Dandi, der sich überall und mit jedem wohlfühlte, riss augenblicklich zwei Huren auf. Ein blondes Klasseweib und eine alte Schabracke vom Ponte Milvio, in deren Bett viele brave Jungs das Beste von sich gelassen hatten.

– Libano, das ist Ulla … Rosella kennst du ja schon … Ulla, Kätzchen, sei ein bisschen nett zu meinem Freund Libano … ja, sei brav …

– Heute ist mir nicht danach.

– Ach, verdammt, dir ist ja nie danach. Amüsier dich! Wo wir ausnahmsweise mal in der Innenstadt sind …

– Ich glaub, ich geh nach Hause, Dandi.

– Verabschiede dich wenigstens von Terribile. Es war freundlich von ihm, uns einzuladen.

– Du bist wirklich ein Trottel.

Dandi schubste die beiden Damen beiseite und legte ihm eine Hand auf die Schulter.

– Libano, mein Freund, darf ich wissen, was dich quält?

– Deiner Meinung nach war es also freundlich von Terribile, uns einzuladen … Dandi, schau dich doch mal um. Für diese alten Trottel sind wir doch nur grüne Jungs.

– Na und?

– Und haben sie vielleicht nicht recht? Du willst mich wohl nicht verstehen, was Bruder?

– Nein, aber ich verstehe, wann der falsche Augenblick ist. Und ich verstehe, dass ich mich beeilen muss, sonst lassen sich die beiden heute Abend von 'nem andern ficken. Bis morgen, Libano.

– Bis morgen.

Die Einladung war keine freundliche Geste gewesen, sondern eine Machtdemonstration, ein Zeichen der Stärke. Das Abschiedsfest für den Marseiller war nur ein Vorwand. Terrible hatte bloß die Jungs um sich geschart, die ihm nützlich sein würden. Sie waren eingeladen worden, weil Terribile auf sie zählte, weil er mit ihrer Hilfe Rom erobern wollte. Terribile setzte auf sie. Terribile setzte auch auf ihn, Libanese. Auf den treuen, gedrungenen Waffenschmied. Den schweigenden Handlanger.

Ja, Rom wartete auf einen Boss.

Aber nicht auf Terribile, wirklich nicht. Schau ihn dir doch an: ein festlich herausgeputzter Bauernlümmel, mit seinem lächerlichen Wams und den vor Brillantine glänzenden Haaren, einer mit Schmuck behängten Kellnerin als Frau und vier dreckigen Schafhirten als Bodyguards.

Die Gemito-Brüder. Immer wenn er ihnen begegnete, kam Libanese das Kotzen. Die Gemito-Brüder. Zu viert ein halbes Gramm Hirn, großzügig berechnet. Er begrüßte halbherzig Nembo Kid, und zwinkerte ein paar anderen Jungs zu, die sich am östlichen Stadtrand einen Namen gemacht hatten. Es mangelte auch nicht an neuen Gesichtern. An jungen, entschlossenen Gesichtern, die Kraft, Gewalt und Kälte zum Ausdruck brachten.

Libanese schauerte. Wenn er nur wüsste, wie man dieser ganzen vergeudeten Kraft eine Ordnung und eine Disziplin geben konnte.

Wenn er bloß die dreihundert Riesen auftreiben könnte.

Terribile hob das Glas und prostete ihm zu. Libanese lächelte schief zurück und drehte sich um.

Es reichte, er hatte genug von diesem Softiebegräbnis.

Während er auf den Ausgang zuging, stieß er mit einem Krauskopf zusammen. Sie blickten sich einen Augenblick lang an. Der andere war noch fast ein Junge: stechender Blick, entschlossene Miene, leicht gerunzelte Stirn. Zwei alte Unterweltler hätten sich wegen so einem Zusammenstoß geprügelt. Niemals einem anderen den Vortritt lassen, niemals sich unterwerfen. Aber weder Libanese noch der andere hatten Lust sich zu prügeln. Zwischen ihnen herrschte vielmehr Einverständnis, wie bei einem Strom, der zum selben Ziel floss. Dann sprach jemand einen Namen aus: Freddo, der Kalte, glaubte Libanese zu hören; der

Junge drehte sich um, nickte dem Schatten einer Frau zu, sah wieder Libanese an, nickte leicht, ging weiter.

Freddo. Nicht schlecht.

VIII.

Libanese zündete sich eine Zigarette an und blies dem Türsteher, der ihn schief angeblickt hatte, eine Rauchwolke ins Gesicht. Instinktive Antipathie, da war nichts zu machen.

Plötzlich hatte er eine Vision. Er sah sich, Bufalo, Dandi, Scrocchia, und sogar den kleinen Krauskopf, den sie Freddo nannten. Er sah schwarze Overalls und Sturmhauben und fünf Skorpion-Maschinenpistolen, die bei Terroristen so beliebt waren. Er sah fünf Typen ohne Respekt und ohne Gnade, die in ein Lokal eindrangen, allen befahlen, sich mit dem Gesicht nach unten auf den Boden zu legen, sich alles nahmen und dann ein blutiges Zeichen zurückließen, eines, das man nicht vergaß. Er sah einen Haufen Desperados, die alle Gesetze verletzten, die Gesetze der anständigen Leute und auch die Gesetze der Unterwelt, und die nun ein einziges, gültiges Gesetz aufstellten: Libaneses Gesetz.

Mit bitterer Miene warf er die Zigarette weg.

Mach dich an die Arbeit, Libanese. Du musst dreihundert Millionen auftreiben. Das ist deine Aufgabe, Libano. Keine Tagträume.

Aber offensichtlich war das ein besonderer Abend. Einer von jenen Abenden, an denen dich das Schicksal an der Hand nimmt und dich genau in dem Augenblick, in dem du auch noch die letzte Hoffnung verloren hast, reich beschenkt, dir einen Ausweg zeigt.

Der unsympathische Türsteher ohrfeigte gerade einen Jungen mit ängstlichem Gesichtsausdruck. Ein Mädchen klammerte sich an den Arm des Türstehers. Sie versuchte den Burschen, der vielleicht ihr Freund war, zu beschützen. Der Riese stieß sie weg.

Libanese ging zu ihr hin, half ihr aufzustehen.

Und stand plötzlich einer Frau gegenüber, die eine Mischung aus amerikanischer Schauspielerin und Göttin war.

Locken, die so schwarz waren wie der Himmel bei einem nächtlichen Gewitter und gleichzeitig leuchteten wie Blitze, und strahlende Augen wie bei einem Tier, das du nachts im Scheinwerferlicht siehst, wenn du drei Straßen gezogen und die Kraft eines Superhelden hast.

Libanese dachte, dass er in seinem ganzen Leben noch nie eine so schöne Frau gesehen hatte. Er fühlte, wie sehr er sie begehrte; Dandi hatte recht, wie lange hatte er nicht mehr mit einer Frau geschlafen, und gleichzeitig spürte er eine geheimnisvolle Angst.

So eine? Komm schon, Libano, das ist keine für einen Jungen von der Straße.

Aber dann … dann entlud sich die Wut, die sich bei dieser albernen Party in ihm aufgestaut hatte, der Hass auf Terribile und seine Bande, die Frustration darüber, dass immer alles beim Alten blieb … und sie gerann zu einem Klumpen Gewalt.

Er stürzte sich auf den Türsteher, packte ihn an den Schultern, warf ihn zu Boden, trat und prügelte auf ihn ein.

Die anderen Türsteher kamen angelaufen und begannen ebenfalls zuzuschlagen. Sie versuchten seine

Arme festzuhalten, aber Libanese entwand sich ihnen wie eine Schlange. Sie versuchten ihn zu treten, aber Libanese wich den Fußtritten aus, und die wenigen, die ihn trafen, zeigten keine Wirkung. Als würde er von einem Schild geschützt, das von einer wundersamen Hand gehalten wurde.

Er prügelte sich für die dunkelhaarige Göttin, er prügelte sich, weil er König werden wollte.

Er prügelte sich, weil es schön und richtig war, sich zu prügeln.

Bufalo kam angelaufen. Er begriff augenblicklich, was los war, und stürzte sich ins Gemenge.

Libanese war eine Kriegsmaschine. Libanese war der Kriegsgott höchstpersönlich.

Und je mehr er austeilte, desto mehr wuchs in ihm eine wilde Lust.

Dann war das Heulen einer Sirene zu hören.

Jemand hatte die Bullen gerufen.

Die Schlägerei war genauso schnell vorüber wie sie entstanden war.

Libanese und Bufalo begriffen, dass es Zeit war abzuhauen. Sie liefen in zwei verschiedene Richtungen, während die Türsteher ihre Wunden leckten.

Libanese war schon fast auf der Piazza della Repubblica, als die Göttin und der Junge ihn einholten. Sein Gesicht war von den Schlägen gezeichnet.

– Wir wollten dir danken.

– Schon gut, schon gut, flüsterte er.

– Ich bin Giada, sagte sie und streckte ihm die Hand hin.

– Ich bin Libanese, antwortete er und erwiderte den Händedruck.

– Bist du wirklich ein Libanese?

– Ich? Nein, ich bin aus Trastevere.

Eine Zeit lang musterten sie sich. Libanese atmete ihr Parfum ein. Ein Duft wie damals in jener Nacht, als er mit fünfzehn Jahren gemeinsam mit Dandi eine Parfümerie auf der Appia Nuova ausgeraubt hatte. Dandi war völlig außer sich geraten: Ah, hier ziehe ich ein, ah, wie gut es hier riecht! Libano, bei uns im Viertel sind die Abflüsse verstopft, angeblich werden sie nicht repariert, weil wir illegal dort wohnen … findest du das richtig? Nein, das ist nicht richtig, Libano. Es ist nicht richtig, dass Gold auf der einen Seite und Scheiße auf der anderen liegt, hatte Libano geantwortet und den Jutesack bis zum Rand gefüllt, und Dandi hatte gelacht und sich über ihn lustig gemacht, du denkst immer nur an die Arbeit, und als schließlich der Augenblick gekommen war zu verduften, weil bald die Streife kommen würde und sie schon die Sirene des privaten Wachdienstes hörten, war Dandi plötzlich nicht mehr da gewesen. Wo steckte er bloß? Um Himmels willen, der Verrückte hatte sich in die Badewanne gelegt, planschte schaumbedeckt und trällerte ein Liedchen, das irgendwie so klang: Ich bin der König von Rom … Ach Dandi, hatte Libano lachend gesagt, dem König von Rom fehlt nur noch ein Quietscheentchen.

– Tja, so sieht man sich wieder.

– Was habt ihr im *Open Gate* gemacht?, fragte er und behielt ihre Hand in der seinen.

– Nichts. Wir sind nur zufällig vorbeigekommen. Dann ist dieser Typ auf Sandro losgegangen … keine Ahnung warum.

Libanese beobachtete heimlich den Jungen. Er sah aus wie ein Typ aus der römischen Innenstadt, mit einem verlorenen Blick.

– Ich könnte mir schon einen Grund vorstellen, sagte er, milde lächelnd, und ließ Giadas Hand los.

– Schon gut, gab der Junge zu, wir wollten ein wenig Stoff kaufen.

– Was für einen Stoff?

– Jemand hätte uns ein bisschen Shit bringen sollen.

– Giamesbonde, fügte das Mädchen hinzu.

– Den kenne ich, seufzte Libano, es gibt was Besseres … ist aber teuer.

– Geld ist kein Problem, sagte sie entschlossen.

Das glaube ich dir, dachte Libanese, das glaube ich dir, man braucht dich ja nur anzusehen. Wo bist du auf die Welt gekommen, Giada, du Jade? Im Fürstenpalast? Im Quirinal? Oder im Glanz einer Diamantenrose?

– Hast du was dabei, Libanese?

– Morgen. Ich kann dir was nach Hause bringen.

– Treffen wir uns lieber in der *Orchidea*.

– Was ist das? Ein Blumenladen?

IX.

Te la ricordi Lella quella ricca
La moje de Proietti er cravattaro … *

Die *Orchidea* war ein Vorstadtlokal, in dem es angeblich „Musik, Poesie und alternative Küche" gab. Libanese hatte sich von Puma ein Fläschchen Öl vom Schwarzen Afghanen besorgt: das Beste, was es gerade auf dem Markt gab. Puma hatte ihn angefleht: Verkauf es ja nicht unter eineinhalb, die Hälfte kannst du behalten, der Rest gehört mir.

Libanese hoffte jedoch, mindestes drei rauszuschlagen. Der Duft seiner Göttin hatte den Preis bestimmt.

Der Duft nach Reichtum.

Giada kam zu spät. Libanese saß schon beim dritten Bier und hörte sich zum dritten Mal den Schlager von der reichen Lella an. Auf der improvisierten Bühne stand ein Freak mit langem, traurigem Gesicht und dünner Stimme. Die Band bestand aus ein paar jungen Leuten, die nach der letzten Mode gekleidet waren. Die Burschen hatten lange schmutzige Haare, die Mädchen lange sexy Haare, sie trugen lange Röcke, lange Lederjacken, hatten ein breites Lächeln und stanken nach

* Erinnerst du dich an die reiche Lella, die Frau des Kredithais Proietti …

Shit. Die Söhnchen aus gutem Hause machten sich einen Spaß daraus, dem Rauschgiftdezernat eine lange Nase zu drehen. Ein Genrebild, ein Szene-Lokal für die Mitglieder der sogenannten „Bewegung". Schön und gut. In Libanos Augen waren sie allerdings ziemlich fertig, mehr Zombies als Junkies. *E daje co sta Lella, che le calze però non se levava.**

In Wahrheit litt er jedoch unter ihrer Gleichgültigkeit. Es wäre ihm lieber gewesen, wenn sie ihn offen angegriffen hätten. Es kam ihm vor, als ob nicht er, Libano, am hintersten Tisch mit dem Rücken zur Wand säße, an einem strategischen Ort, wo er die Tür beobachten konnte, damit er das Kommen des Mädchens nicht übersah, sondern ein Double, das im Film den wahren Schauspieler ersetzte. Oder ein Vakuum. Libano war unsichtbar. Ein Typ, der aussah wie Zorro, mit einem schmalen Schnurrbart und Schweißflecken unter den Achseln, hatte ihm unfreundlich eine Bierflasche hingeknallt, und wenn er versuchte irgendeinen Blick aufzufangen, sahen die anderen unweigerlich weg. Vor allem die Mädchen, die Mädels. Wegen seiner schwarzen Lederjacke und dem über der behaarten Brust offenstehenden Hemd hatten sie ihn ohnehin bereits eingeordnet und beschlossen, dass er einem anderen Stamm angehörte. Einem feindlichen Stamm. Deshalb weg mit dir, ausradiert. Libanese war ein Unsichtbarer, jemand, der eigentlich gar nicht da war. Ja, ihr Trottel, aber ein Unsichtbarer mit Wut und Fantasie.

---

* Aber was für eine Frau war doch diese Lella, die sich nie die Strümpfe auszog.

– Entschuldige die Verspätung.

Giada nahm neben ihm Platz. Libanese dachte, dass sie heute sogar noch schöner war. Er atmete ihren zarten Duft ein, dachte, dass er gern am Morgen neben ihr aufgewacht wäre, und er änderte unauffällig seine Haltung, um einen Blick auf ihr Dekolleté zu erhaschen, das im Ausschnitt der violetten Bluse zu sehen war.

– Ich hatte eine Sitzung im Kollektiv, rechtfertigte sie sich.

– Ich verstehe, sagte er, ohne verstanden zu haben, aber das war ihm egal.

– Bist du auch in einem Kollektiv?

– In meiner Gegend heißt das Truppe, sagte er und bot ihr eine Zigarette an.

Leicht lächelnd nahm sie an.

– Truppe. Bist du beim Militär?, fragte sie spöttisch.

– Ich bin nirgendwo, sagte er im selben Tonfall.

– Ich weiß, wer du bist, sagte sie.

– Ach ja? Dann erklär es mir, denn ich weiß es nicht.

– Du bist einer, der Stoff hat.

Libanese erstarrte. Das war alles?

– Deshalb sind wir hier, nicht wahr?

– Du und ich, wir stehen auf derselben Seite, flüsterte sie, plötzlich ernst.

– Aber klar doch!

Er blickte sie an und wusste nicht, ob er sich kränken oder lachen sollte. Libano winkte schuldbewusst mit der rechten Hand, hielt Zorro, den Kellner, auf und bestellte … ein Bier, Giada? Ja, danke, zwei Bier … Die war wohl verrückt. Auf derselben Seite! Verrückt.

Schön. Wehrlos. Keine für dich. Die Götter auf der einen Seite, die Menschen auf der anderen. Auch wenn es manche gibt, die unter Menschen geboren sind und sich einen Platz unter Göttern erobern. Davon träumte Libano. Um sein Ziel zu erreichen, war er zu allem bereit.

Und er fragte sich plötzlich, ob er für eine wie sie eine Ausnahme machen würde.

Um das merkwürdige Gefühl der Zärtlichkeit, das in ihm erwachte, im Keim zu ersticken, beschloss er, es kurz zu machen.

– Hör mir zu. Ich hab keine Zeit. Hast du das Geld?

– Wozu die Eile? Möchtest du nicht ein wenig plaudern?

– Ich hab doch schon gesagt, ich hab keine Zeit.

Trotzdem landeten sie bei ihr zu Hause.

Es sah genau so aus, wie Libanese es sich vorgestellt hatte.

Hochparterre mit Blick auf die Villa Pamphili. Teppichboden und Parkett, teure Möbel, mit Chintz bezogene Sofas, ein Kamin mit goldenem Feuerbock, Bilder an den Wänden, Unmengen von Teppichen, Whiskys, kubanische Zigarren. Und ein Jacuzzi. Als Libanese zum ersten Mal einen gesehen hatte, hatte er ihn als „Badewanne, die dir das Wasser direkt in den Arsch spritzt“ bezeichnet.

Dandi hatte ihm erklärt, dass diese Badewanne Jacuzzi hieß. Und er hatte hinzugefügt: „Ficken kann man da drin …“ „Und woher weißt du das, du hast ja zu Hause nicht mal ’ne Dusche!“ „Tja, Libano, hab mich halt umgesehen …“

– Du lachst, aber ich weiß nicht worüber, flüsterte ihm Giada ins Ohr, wenn du lachst, bist du fast schon schön …

Ich lache nicht, hätte ihr Libanese am liebsten geantwortet, ich träume mit offenen Augen. In letzter Zeit passiert mir das allzu oft. Ich träume von so einer Wohnung, die maßgeschneidert ist für Götter. Von einer schönen und willigen Frau, die immer schön und immer willig ist. Von etwas Weichem, Warmem. Von einem Leben, ja … ihm fiel kein anderes Wort ein … vielleicht von einem anderen Leben?

X.

Am ersten Abend gingen sie nicht miteinander ins Bett.

Sie wäre durchaus bereit gewesen, aber Libano wollte auf Nummer sicher gehen. Sie wäre durchaus bereit gewesen, aber sie war zu eingeraucht. Libano gehörte nicht zu der Sorte, die zugedröhnte Junkies ficken. Libano schaute den Frauen beim Sex gerne in die Augen und mochte es, wenn sie ihn auch anschauten.

Wie angenommen brachte der Stoff drei Riesen ein. Zwei kassierte Puma, einer blieb ihm. Sie kamen überein, den Deal bei der erstbesten Gelegenheit zu wiederholen.

Aber wie lange würde es dauern, bis er in diesem Tempo dreihundert zusammengekratzt hatte? Sobald er ein geeignetes Versteck gefunden hatte, würde die „Verwahrung" der Waffen eine Kleinigkeit abwerfen. Aber das reichte noch immer nicht. Sogar eine Ameise, die den Vorrat für den Winter anlegte, konnte das nicht schaffen. Das hier war etwas Großes. Er musste sich was einfallen lassen. Giada war vielleicht eine gute Quelle. Sie musste ihn ihren Freunden vorstellen.

Aber nicht nur aus Gründen der Geldbeschaffung ging er zwei Tage später wieder zu ihr.

Er wollte herausfinden, ob sie nur deshalb so nett zu ihm gewesen war, weil er so viel guten Stoff geliefert hatte. Joints, hatte sie ihm erklärt, erweiterten das Bewusstsein beziehungsweise ließen die Realität in einem anderen Licht erschienen, verfeinerten die Wahrnehmungen, gestatteten dir, Innenwelten zu entdecken, von deren Existenz du keine Ahnung hattest. Libano war selten und ungern zugedröhnt, und wenn, war es schnell vorbei. Hat man je einen zugedröhnten König gesehen? In Wirklichkeit fürchtete er, die Kontrolle zu verlieren. War das eine Grenze, eine Angst, die er überwinden musste?

Es war zwei Uhr nachts, der Wind schnitt ihm ins Gesicht, schärfer als 'ne Messerklinge. Hin und wieder der Umriss eines Kleinwagens auf dem Lungotevere. Am Himmel leuchteten die Sterne.

Mit dem Messer öffnete er ein Schloss, das lächerlich wenig Widerstand bot, und ging zu Fuß ins oberste Stockwerk hinauf, so als wollte er den Augenblick der Begegnung hinauszögern. Libanese war kein sentimentaler Mensch. Dennoch hatte er Herzklopfen. Wie vor jeder Tat. Aber was war eigentlich los?

Er hatte Lust auf Musik, einen Rausch, einen duftenden Körper.

Er scheute sich jedoch es zuzugeben.

Aus Giadas Wohnung drangen schwache Laute. Er klopfte. Einmal, zweimal, dreimal. Zuerst zurückhaltend, dann immer heftiger, schließlich hartnäckig und letzten Endes wütend. Endlich machte Sandro auf, so zugedröhnt, dass seine Augen blutunterlaufen waren. Er trug einen selbstgestrickten, weißen Pullover mit Zopfmuster. Die Musik war ein unverständliches Chaos, eine monotone Abfolge von dumpfen Akkorden. In der Luft hing abgestandener Shitrauch, in dem etwas

Süßliches und Ekelerregendes lag. Libanese war drauf und dran, den Rückzug anzutreten. Der Junge hüstelte, als ob er ihm etwas sagen wollte, aber weder die Kraft noch die Geistesgegenwart dazu besäße.

– Was zum Teufel ist hier los?

– Giada, flüsterte er schließlich, ich glaube ... es geht ihr nicht gut ... ich glaube ... zu viel Shit ...

Libanese schob ihn zur Seite und betrat die Wohnung. Giada lag auf einem Sofa. Sie trug eine himmelblaue Kittelbluse. Als Libanese sich über sie beugte, hörte er leises Röcheln. Er blickte sich um. Das Fläschchen mit dem Haschischöl war halb leer. Mit der Hand fegte er einen Aschenbecher vom Tisch, der randvoll mit Jointstummeln war.

– Wie viel habt ihr geraucht, ihr Idioten?

Sandro zuckte mit den Achseln, dann begann er schrill zu lachen.

Libanese gab ihm zwei Ohrfeigen. Der Junge hörte auf zu lachen. Libanese verpasste ihm noch einen leichten Faustschlag, dann ließ er ihn in Ruhe. Er riss die Fenster auf. Er nahm die Schallplatte vom Plattenspieler und zerbrach sie. Dann beugte er sich wieder über Giada. Er rüttelte sie, versuchte sie aufzuwecken. Nichts.

Er erinnerte sich an seinen ersten Rausch. Dreizehn war er gewesen. Auch diesmal war Dandi dabei. In einem Supermarkt in Porta Furba hatten sie eine billige Flasche Whisky gestohlen und sie bei Libanese zu Hause ausgetrunken. Wenn seine Mutter nicht rechtzeitig gekommen wäre, hätten sie das Zeitliche gesegnet. Sie hatte sie gezwungen, ein halbes Glas Öl zu schlucken. Eine grausame Kur. Sie hatten sich die Seele aus dem Leib gekotzt. Am nächsten Morgen standen sie vor der Schule, geschnäuzt und gekämmt, bloß ein bisschen blass. Signora Pina hatte gewartet, bis sie beim Klingeln das düstere Gebäude betraten. Natürlich waren sie fünf Minuten später wieder abgehauen. Aber das hatte seine Mutter nie erfahren. Seit damals war er niemals, aber wirklich niemals mehr besoffen gewesen. Vielleicht funktionierte es auch beim Shit. Er musste es ausprobieren: Öl heilt man mit Öl, oder?

Er flößte Giada zwei Löffel davon ein, lud sie auf seine Schulter und trug sie ins Bad. Er zog ihr die Bluse aus, betrachtete mit väterlichem Lächeln den zarten schwarzen Flaum (auch wenn es nicht schiefgeht, du wirst doch kein guter Samariter werden, Libano?), dann drehte er die Dusche an und setzte sich gemeinsam mit ihr unter den eiskalten Strahl. Erst als sie zu würgen begann, war er sich sicher, dass er es geschafft hatte.

Später, nachdem er ein wenig aufgeräumt hatte und Giada schlief, bemerkte er, dass Sandro noch immer herumstand. Er setzte ihn auf ein Sofa und fragte ihn aus.

– Besorgst du es ihr?

– Was?

– Fickst du sie?

– Giada?

– Nein, deine Mutter …

– Nein. Ich … Sie sagt …

– Was sagt sie?

– Sie sagt, ihr gefällt ein anderer.

Die Antwort versetzte ihn in gute Laune.

– Ist gut. Hau jetzt ab.

Das ließ Sandro sich nicht zweimal sagen. Libanese nahm einen mit rotem Samt bezogenen Stuhl und zog ihn ans Bett, wo Giada leise schnarchte. Er setzte sich neben sie. Betrachtete sie. Sandros Worte gingen ihm nicht aus dem Sinn. Ihr gefällt ein anderer. Er schrieb seine Telefonnummer auf ein Kärtchen, legte es neben ein Familienfoto (eine allzu elegante Mutter, ein allzu vertrottelter Vater und ein kleines Mädchen, das diesen allzu sehr anhimmelte), fügte noch eine Empfehlung hinzu: „Übertreib es nicht, du Verrückte!" Im Morgengrauen ging er weg. Er nahm den Rest des Stoffes mit: Vielleicht konnte er ihn ihr noch mal verkaufen. Selbst wenn er den Gewinn nicht teilte, verletzte er nicht die Abmachung mit Puma.

XI.

Als Giada ihn anrief, stellte Libanese sofort die Dinge klar.

– Die Krankenbetreuung war gratis, aber den Stoff musst du extra bezahlen.

– Ich wollte mich nur bedanken.

– Schon wieder? Ist das eine Unart von dir?

Natürlich sahen sie sich wieder. Von nun an trafen sie sich regelmäßig. Zuerst war es nur Sex. Der Wunsch, den Körper des anderen kennenzulernen. Sie brauchten nicht einmal einen Joint, Koks oder Alkohol als Starthilfe, sie genügten einander. Giada war im Bett viel besser, als er sich jemals vorzustellen gewagt hatte. Sie zeigte ihm, wie er ihren Körper erforschen konnte, enthüllte ihm aufregende Geheimnisse, eröffnete ihm neue Horizonte. Libanese, der bisher nur eine vage Ahnung davon gehabt hatte, was eine Frau glücklich macht, war zunächst völlig perplex. Ach, den Frauen machte es also auch Spaß! Sie täuschten nicht nur vor wie die Huren.

Er bemühte sich, ihr gerecht zu werden. Es war nicht allzu schwierig. Er mochte Frauen. Er empfand für sie eine archaische und absolute Form des Respekts. In seinem ganzen Leben hatte er noch nie eine Frau geschlagen, und wenn er mit ansehen musste, wie ein armes Mädchen von einem Schwein verprügelt wurde, von denen so viele auf den Straßen herumliefen, eilte er ihr zu Hilfe. Er ging kaum zu Huren, und wenn, dann freudlos. Er hatte nichts gegen diesen Beruf; obwohl Huren dumm waren und zum Verrat neigten und Zuhälter in der Hierarchie der Unterwelt auf der untersten Stufe standen, war ein Mann ein Mann und musste sich hin und wieder Erleichterung verschaffen. Und außerdem liefen in seinem Milieu ja nicht gerade viele Prinzessinnen herum. Aber es war erbärmlich, sich eine Frau kaufen zu müssen. Nur Vergewaltigung war noch schlimmer, das war krank. Ein Krieger musste allenfalls Eroberungen machen. Das war Libanese nämlich seiner Meinung nach: ein Krieger. Ein Krieger, der eines Tages König sein würde. Und ein richtiger König brauchte an seiner Seite eine richtige Königin.

Giada konnte augenblicklich von Leidenschaft zu Zärtlichkeit übergehen. Und die Zärtlichkeit war ein freudvoller Kontinent. Ihr Genuss verschaffte ihm so etwas Ähnliches wie Glück. Die Befriedigung nach dem Sex beschwichtigte seine chronische Unruhe. Sie war etwas Tröstliches, aber auch eine Falle: Was würde aus Libanese werden, wenn er seine Unruhe verlor?

Sylvester verbrachten sie zusammen. Gemeinsam mit Giada trug Libanese die Stereoanlage auf die Terrasse. Zum Jahreswechsel begann sie zu den Klängen der *Internationale* zu tanzen. So eine Verrückte!

Libanese drehte sich einen Joint und bot ihn ihr an. Sie lächelte und streichelte ihn zärtlich.

– Das bringt nichts, Libano. Es gibt was Besseres.

Zwei Minuten später tanzten sie zu *Lella,* ihrem Lied. Libanese schloss die Augen. Wie gern hätte er sich in diesem Augenblick gesehen. Wie in einem Film, als ob es einen anderen Libanese gäbe, der den echten aus Fleisch und Blut betrachtete. Giada war weich und leicht und drängte sich an ihn, und gemeinsam wirbelten sie herum, auf den Flügeln eines Windes, der sich plötzlich heiß und feucht anfühlte, der nach Sommer, nach Feuer, Kraft und Jugend roch.

Unter ihnen Rom, die ewige und unsterbliche Stadt, in der die Feuerwerke tausend Lichter entzündeten und die Böller einen lustigen Krieg entfachten. Wie gern hätte er diesen magischen Augenblick für immer festgehalten, damit mit ihm nicht auch seine Illusion von Glück zu Ende ging und erlosch.

Bis zum Dreikönigstag verließen sie die Wohnung nicht. Nach dem Sex zündeten sie sich eine Zigarette an und Giada erzählte.

– Mit sieben Jahren bin ich in die engere Auswahl für einen Singwettbewerb gekommen. Einen Monat lang habe ich geprobt, aber am Abend des Finales war ich so aufgeregt, dass ich mit hohem Fieber im Bett landete. Das war das Ende meiner Bühnenkarriere.

Mit sieben Jahren hatte Libanese kleinere Kinder verprügelt, um ihnen Sammelbildchen abzunehmen, und was den Singwettbewerb anbelangte, widerten ihn die Perlenkettchen, die Spitzenkleidchen und die hohen Stimmchen an, die von einem Trottel dirigiert wurden, der eine so enge Hose trug, dass man seine Eier sah. Den kleinen Buben hätte er gerne eine auf die Nase gegeben, den kleinen Mädchen hätte er gerne unter den Rock geschaut. Andererseits war klar, dass man so einen wie ihn niemals auch nur in die Nähe eines Singwettbewerbs gelassen hätte.

– Mein Vater ist Anwalt. Er schuftet sich zu Tode, damit die Reichen noch reicher werden, und sammelt hinter ihnen die Krümel auf. Meine Mutter ist vor allem bei zwei Dingen gut. Beim Canastaspielen und beim Einbilden von Krankheiten. Nach einem Guerillakrieg, bei dem sogar Che vor Neid erblasst wäre, haben sie sich scheiden lassen. Ich profitiere davon. Nur um mich zu bestechen, sind sie bereit, sich auszubluten. Sie zahlen das alles hier.

Natürlich wollte sie auch alles über ihn erfahren. Aber Libanese schwieg wie ein Grab. Als sie versuchte konkrete Fragen zu stellen und die Worthülsen zu entlarven, mit denen er sich aus der Affäre zog, wurde Libanese kalt und abweisend und bemühte sich, das Gespräch wieder in allgemeinere Bahnen zu lenken.

Frauen sind zwar etwas Wunderbares. Aber sie müssen lernen, dort zu bleiben, wo sie hingehören. Und Giada war auf diesem Ohr taub. Mit jedem ihrer Worte bestätigte sie eine grundlegende Wahrheit: Sie stammten aus zwei verschiedenen Welten, sie waren verschieden, so verschieden wie ein Sterblicher und eine Göttin nur sein können. Aber er hörte ihr gern zu. Giada war sehr eloquent. Sie arbeitete für einen Rundfunksender der Bewegung und hatte ein Ziel, das gar nicht so geheim war, nämlich eines Tages Schriftstellerin zu werden.

– Vielleicht interviewe ich dich einmal, Libano.

– Das kannst du vergessen.

– Aber warum? Die Welt von der Straße aus gesehen. Meine Genossen würden ausflippen.

– Stell sie mir vor, dann sehen wir weiter.

– Zuerst möchte ich dein Zuhause sehen.

– Das würde dir nicht gefallen, sagte er kurz angebunden.

– Überlass das mir.

– Im Augenblick herrscht etwas Durcheinander. Warte ein wenig, dann nehm ich dich mit.

Zuerst musste er allerdings die Benito-Büste aus der Mansarde entfernen, die Bajonette und den ganzen Faschistenkram, der ihr gewiss nicht gefallen würde.

XII.

Mitte Januar machte Libanese einen saftigen Gewinn beim Pferderennen. Einen Teil legte er für das Projekt „Operation Schneeschiff" beiseite, und dann ging er mit Giada spazieren. Es war nicht mehr so kalt. Der frühe Sonnenuntergang leuchtete in kitschigen Farben, die einem nur die alte Hure mit der Kuppel zu bescheren vermag.

– Ich möchte dir ein Geschenk machen, Giada.

– Es ist nicht einfach, mich zu beschenken, Libano.

– Dann machen wir es so: Du suchst dir ein Geschenk aus.

– Einverstanden. Du tust, was ich dir sage.

Sie ging mit ihm ins Fiorucci, eine Art orientalischem Basar, in dem Leute aus ihrem Milieu in Ekstase gerieten, und begann in Schals, Schleiern und süßlichen Parfums zu wühlen, bis sie schließlich bewundernd vor der Statue eines fetten Mannes mit Elefantengesicht und einer Maus zwischen den Füßen stehen blieb. Das Ungeheuer schien sie richtiggehend zu entzücken. Sie war wahrhaft außer sich. Heimlich fragte Libanese den Geschäftsführer – einen Freak mit weißem Bart, der aus einer Entfernung von tausend Kilometer nach Schwuchtel roch –, was die Statue kostete.

– Hunderttausend.

– Das soll wohl ein Scherz sein?

– Nein. Das ist Ganesch. Der Gott, der Hindernisse aus dem Weg räumt und Unternehmungen begünstigt.

– Der Elefant?

– Genau. Außerdem ist er der Beschützer der Schriftsteller und Straßenräuber.

Nun, das passte ja genau. Er ebnete dir die Straße, hatte ein sympathisches Gesicht, und was für ein schönes Paar die Schriftstellerin und der Straßenräuber doch waren! Libanese wollte schon seine Brieftasche zücken, doch da packte sie ihn am Arm und zog ihn schnell weg. Offenbar hatte sie das Interesse an dem Elefanten verloren. Und sie begann sogar zu laufen, sie lief lachend davon, und Libanese lief ihr keuchend nach.

– Wo rennst du hin, du Verrückte?

Sie liefen einen halben Kilometer, sie absolvierten einen Slalom zwischen den Passanten, die sich umdrehten und ihnen nachsahen, ein paar lachten, die beiden waren ja wirklich zum Lachen: sie, die dunkelhaarige Göttin, die sich zwischen den Verkaufsständen und den Touristen hindurchschlängelte, die die Ruinen der Hauptstadt fotografierten, und der vierschrötige Typ mit dem ungepflegten Bart und der Lederjacke, der ihr nachlief, mit vor Anstrengung hochrotem Gesicht (Ein wenig Training würde dir nicht schaden, was Libano?). Schließlich blieb Giada stehen. Vor dem Pantheon, neben dem Stand eines Maroniverkäufers.

– Ist er nicht wunderschön?

Nicht zu glauben! Was hatte die Verrückte in der Hand? Die Elefantenstatue, Ganesch, oder wie auch immer er hieß.

– Du hast sie genommen!, sagte Libanese staunend.

– Natürlich.

– Ich wollte sie dir doch schenken …

– Das bin ich nicht gewöhnt, Libano. Ich nehme mir, was mir gefällt.

Und sie erteilte ihm sogar noch eine Lektion!

– Anders gesagt, Giada, du hast sie gestohlen.

– Genau.

– Stehlen ist was Ernstes …, fuhr Libanese fort und zündete sich eine Zigarette an.

– Dabei kennst du dich aus, oder?

Etwas Ernstes und etwas, worüber man keine Scherze macht, stellte Libanese kopfschüttelnd fest. Das hatte mit Respekt zu tun, und für einen von der Straße, war Respekt das Allerhöchste. Libanese kannte Leute, die aus Notwendigkeit oder Verzweiflung klauten oder aus reiner Bösartigkeit, um jemanden zum Weinen zu bringen. Er war nicht so naiv zu glauben, dass die Reichen nicht klauten, im Gegenteil, je reicher, desto verschlagener. Aber einfach aus Spaß zu klauen, das war Stoff für eine Filmkomödie, etwas Falsches, eine Beleidigung, kein Respekt vor der Sache, ein Schlag ins Gesicht derer, die die Gesetze der Straße respektierten.

Giada begriff nicht, warum er plötzlich so kalt und abweisend war. Sie versuchte ihn zu provozieren. Ein Streit lag in der Luft. Er wusste immer weniger, wie er sich Giada gegenüber verhalten sollte. Er brachte sie zum Schweigen, indem er ihr die Lippen mit einem langen, atemberaubenden Kuss versiegelte. Beim frenetischen Applaus einer Gruppe Japaner zogen sie sich zurück, und nach einer höflichen Verbeugung landeten sie wieder im weichen Bett.

Aber der Zauber war vorbei, die ewige Unruhe machte sich bei Libanese wieder bemerkbar, und nicht einmal Sex und Zärtlichkeit konnten sie beschwichtigen.

Er hielt es noch ein paar Tage aus, fast musste er sich dazu zwingen.

Dann erfuhr er aus einer empörten Kurznachricht im Chronikteil des *Messaggero*, dass Pasquale 'o Miracolo, der bekannte Camorraboss, wegen eines Formfehlers entlassen und in den Hausarrest nach Formia überstellt worden war.

Es war ein schönes Abenteuer gewesen, aber jetzt musste er wieder arbeiten.

Bei einem Juwelier, der ihm einen Gefallen schuldete, kaufte er am Tag darauf ein Goldarmband mit kleinen Jadeanhängern, zu einem Preis weit unter Wert. Während sie schlief, legte er ihr das Schmuckstück auf das Nachttischchen.

Als er sich in der Nacht davonschlich, sagte er sich, dass sie mit der Behauptung, sie stünden auf derselben Seite, im Grunde nicht Unrecht hatte. Sie hatten wirklich etwas gemein. Beide schämten sich. Er schämte sich dafür, dass er nichts hatte, sie schämte sich dafür, dass sie zu viel hatte.

Er fragte sich mit leichtem Bedauern, ob sie sich noch einmal sehen würden oder ob das Abenteuer damit zu Ende war.

Er konnte es gar nicht erwarten, zu seinen Freunden zurückzukehren, zum Whisky, zum Koks.

Auf die Straße.

XIII.

'O Miracolo empfing ihn mit allen Ehren und freute sich sehr über Pumas Koks, das ihm Libanese als Geschenk mitgebracht hatte.

– Sehr gut. Wahrscheinlich ein Reinheitsgrad von 70, 75 Prozent ... wie heißt noch mal dein Freund?

– Puma.

– Ach ja, von dem hab ich schon gehört ... und wie schaut's mit dem Geld aus?

– Ich arbeite daran, Pasqua'.

– Beeil dich ein wenig, Junge. Das Schiff fährt in zwei Wochen ab. Das Schiff fährt ab und wartet nicht ...

Sie aßen am Strand zu Mittag.

Pasquale stopfte sich mit Austern und Hummer voll. Er sagte, dass es ihm in Formia gefiele. Es erinnerte ihn auf angenehme Weise an Neapel und hatte einen großen Vorteil: Rom lag vor der Haustür.

– Wir müssen expandieren, Libanese. Rom ist ein interessanter Markt ... Wir müssen expandieren, wir müssen hier anfangen und uns ganz langsam hocharbeiten, bis zur ewigen Stadt.

– Ich dachte, ihr habt bereits einen Fuß in der Tür.

– Nur einen Spalt. Es wäre mehr möglich.

Pasquale bat ihn, ihn an einen bestimmten Ort zu begleiten.

Libanese stieg in den auffälligen kobaltblauen Maserati des Camorrabosses.

– 'Ne ordentliche Power, was? Hör nur, wie der Motor singt! Maserati Bora, Libane', das Beste vom Besten.

Bora wie der Wind? Natürlich passt er zu dir, Pasquale alias 'o Miracolo, das ist genau das Richtige für einen Bauernlümmel wie dich.

– Was gibt es da zu lachen? Wenn du bei dem Geschäft mitmachst, kannst du dir zehn von diesen Dingern leisten.

– Ich kann es kaum erwarten, Pasquale!

Die Protzerei ging Libanese auf die Nerven. Don Pasquale hatte leicht reden. Das Auto, die Millionen, das Heroinschiff. Aber der Camorraboss war nur ein kleiner Fisch, genauso wie er, Libanese. Er war nur deshalb anders, stark und mächtig, weil er einer Gesellschaft angehörte. Doch Libanese war allein. Allein mit sich und einem Haufen Kameraden, die noch orientierungsloser waren als er.

Ohne eine Gesellschaft im Rücken bist du niemand. Deshalb musste Libanese seine eigene Gesellschaft aufbauen. Seinen Traum verwirklichen. Eine Bande gründen.

Sie kamen zu einem Rohbau irgendwo auf dem Land um Sessa Aurunca. Vor den Pfeilern, die mit obszönen Sprüchen beschmiert waren, stand ein Geländewagen. Ciro rauchte mit gleichgültigem Ausdruck eine Zigarette.

Sie stiegen aus, reichten sich die Hände.

– Ciccillo und Maurizio?

– Drinnen, beim Verräter.

– Komm, Libane', ich zeig dir was Schönes.

Der Verräter war ein dünnes Bürschchen. Blutüberströmtes Gesicht. Sie hatten ihn an einen Stuhl gebunden. Ciccillo und Maurizio bewachten ihn, mit Pistolen in der Hand. Der Junge stank fürchterlich. 'O Miracolo wandte sich an seine Untergebenen.

– Hat er gesungen?

– Nein, er sagt, er hat nichts damit zu tun.

'O Miracolo beugte sich über den Jungen, der instinktiv zurückzuckte. 'O Miracolo tätschelte ihm die Wange.

– Ruhig, ruhig, ich tu dir nichts. Glaubst du vielleicht, mir macht das Blutvergießen Spaß? Ein braver Junge wie du sollte um diese Zeit zu Hause bei seiner Verlobten sein und schön rasiert mit ihr im Bett liegen … Liegst du gern mit einem Mädchen im Bett, Gennarie'?

Der Junge murmelte etwas Unverständliches. 'O Miracolo zündete eine Zigarette an und bot sie ihm an. Der Junge nahm sie.

– Aber du musst mir helfen. Was will ich denn schon von dir? Einen Namen. Den Namen des Verräters. Du sagst ihn mir, ich schreibe ihn auf, die Jungs binden dich los, du duschst dich und gehst nach Hause … Los, Gennarie', tu mir den Gefallen.

Der Junge begann zu weinen. 'O Miracolo verpasste ihm zwei Faustschläge ins Gesicht. Dann drehte er sich zu Libanese um.

– So ein Arschloch! Erzählt herum, dass es in meinen Reihen einen Verräter gibt. Aber weißt du, was ich dir sage, Libanese? Das ist nur ein Gerücht. Er ist der Verräter, niemand sonst. Die Familie hat ihn mir geschickt, um … wie sagt man, wenn man einen gegen den anderen ausspielen möchte …

– Um Zwietracht zu säen, schlug Libanese vor.

– Genau, sehr gut, das hab ich gemeint. Aber jetzt verlier ich die Geduld. Nimm.

Ohne zu wissen wie ihm geschah, hatte Libanese plötzlich einen Revolver in der Hand. 'O Miracolo lächelte ihn an. Ciccillo und Maurizio lächelten ihn an. Ciro schien das Ganze anzuwidern. Der Junge wimmerte noch immer. Es war eine Mutprobe. Eine Frage der Treue. Sie wollten, dass er den armen Teufel umbrachte, der ihnen gar nichts getan hatte, nur damit er einer der ihren würde. Sogar aus ihrer Sichtweise war das ein sinnloser Mord. Aber Libanese zögerte. So etwas hatte er noch nie gemacht. Er war schon mehrmals nahe dran gewesen, aber er hatte es noch nie gemacht. Er hatte noch nie einen Menschen getötet. Und er wollte nicht auf Befehl töten. Nicht einmal wenn der Befehl von einem Kaliber wie Pasquale 'o Miracolo stammte. Die Sekunden vergingen. Libanese schwitzte. 'O Miracolo lächelte nicht mehr. Auch Ciccillo und Maurizio lächelten nicht mehr. Ciro hatte ohnehin nie gelächelt.

Der Junge bäumte sich auf und stieß mit letzter Kraft einen verzweifelten Schrei aus.

– Es gibt einen Verräter, und du weißt, wer es ist! Es gibt einen!

Ein trockener Schuss. Mit einem letzten Zucken sackte der Junge zusammen. Ciro steckte die Halbautomatische wieder ein.

'O Miracolo sah ihn mit strengem Blick an.

– Wer zum Teufel hat dir das befohlen, hä?

Ciro zeigte auf Libanese.

– Der hat keinen Mumm. Und dann zeigte er auf den toten Jungen. Und der is' mir auf die Eier gegangen.

– Schon gut, seufzte Pasquale. Räumt den Dreck weg.

Während Maurizio und Ciccillo sich um die Leiche kümmerten, gab Libanese Pasquale den Revolver zurück. Bevor er gestorben war, hatte der Junge einen verzweifelten Blick auf Ciro geworfen. Hatte er vielleicht etwas sagen wollen? Libanese wusste nicht wieso, aber diese Geschichte gefiel ihm nicht. Die Camorristi gefielen ihm nicht. Für sie war Rom nur ein Land, das es zu erobern galt, genau wie für die Marseiller. Die Dinge mussten sich ändern. Keiner durfte mehr befehlen.

Pasquale und Libanese drückten sich die Hand.

– Kränk dich nicht, Libanese. Ciro ist noch ein Junge, und du weißt ja, wie die Jugend ist, impulsiv … Ich weiß, dass du Eier hast! Los, treib das Geld auf.

Libanese sprach ganz offen mit ihm.

– Es ist schwierig, Pasqua'. Rom ist nicht Neapel. In Rom sind die Straßen geschlossen. Die Wahrheit ist, dass …

– Die Wahrheit!, kicherte der Camorraboss. Die Wahrheit ist, dass du gern befehlen würdest, Libano. Aber um zu befehlen, musst du zuerst lernen zu gehorchen. Wenn du aufsteigen willst, musst du zuerst lernen zu kriechen. Wer ist in Rom der Boss?

– Hast du jemals von Terribile gehört?

– Natürlich! Wenn der euer Boss ist, sitzt ihr wirklich in der Scheiße.

– Nun, er ist's.

– Bei ihm musst du dir holen, was du brauchst, Junge …

XIV.

Dandi, Bufalo und Scrocchiazeppi machten sich Sorgen.

Libanese war verschwunden.

Er war nicht wieder im Knast, denn das hätten sie gewusst. Durchgedreht hatte er nicht, denn das hätte sich rumgesprochen. Er war auch nicht untergetaucht, denn er hatte den Knast so sauber verlassen wie ein Säugling.

Wo also war er?

Sie versuchten sich bei Signora Pina zu erkundigen, aber die machte ihnen nicht mal die Tür auf. Und als Dandi sich nicht gleich geschlagen gab, sagte sie, wenn sie nicht augenblicklich verschwänden, würde sie die Polizei rufen.

Bufalo, dem die Schlägerei im *Open Gate* noch in bester Erinnerung war, behauptete steif und fest, die Türsteher hätten ihn aus Rache beseitigt. Dandi lachte herzhaft: Wer, die? Aber die können ja nicht mal einer Katze Angst einjagen! Aber Bufalo ließ nicht locker, und so statteten die drei den eben Genannten einen Besuch ab.

Nichts. Auch die waren sauber und schissen sich sogar in die Hosen, nachdem Bufalo aus Lust und Laune ein paar Kopfschläge ausgeteilt hatte, einfach so zum Spaß.

Die einzige glaubhafte Erklärung war, dass sich Libanese absichtlich aus dem Verkehr gezogen hatte.

Mit anderen Worten, dass er sogar seine alten Freunde vergessen hatte.

So etwas tat man nicht. Das gehörte sich nicht.

Doch Libanese wartete gerade darauf, dass Terribile mit dem Zählen des Tagesumsatzes fertig wurde und ihm eine Audienz gewährte.

– Du willst mich sprechen? Da bin ich. Aber beeil dich, ich hab zu tun.

Libanese bahnte sich einen Weg zwischen den Unbelehrbaren, die gerade die letzte Lira beim Kartenspiel verloren, schluckte seinen Ärger runter und bereitete sich darauf vor, auf die Knie zu fallen.

Mit Terribile hatte Libanese eine alte Rechnung zu begleichen. Terribile hatte ihn gedemütigt, als er noch ein kleiner Junge gewesen war. Wegen eines harmlosen Streichs hatte er ihn vor allen blamiert. Libanese hatte das falsche Auto geklaut, einfach so, um seine damalige Freundin zu beeindrucken. Terribiles Auto. Seine Wachhunde hatten ihn angepisst und Sara gezwungen, ihnen einen zu blasen. Eines Tages würde Libanese sich rächen. Aber dieser Tag rückte immer weiter in die Ferne.

Und fürs Erste musste er sich unterwerfen, wie ihm Paquale 'o Miracolo geraten hatte.

– Bin gerade im Minus. Ich bin gekommen, um dich um einen Job zu bitten.

– Man höre, man höre! Ziehst du den Schwanz ein, Libano?

– Nenn es, wie du willst.

– Die Szene, die du und dein Freund Bufalo kürzlich gemacht habt, hat mir nicht gefallen.

– Wir sind provoziert worden.

– Und wozu brauchst du einen Job?

– Ich hab es dir ja schon gesagt, ich bin in den roten Zahlen.

Terribile dachte darüber nach. Er mochte Libanese nicht. Libanese war ein Hitzkopf, aber auch ein Denker. Er wusste, wie man sich Hitzköpfen gegenüber benimmt, denn das war nur eine Frage der Kraft. Wer als Erster zuschlägt und fest zuschlägt, bringt die Beute nach Hause. Bei Denkern hingegen musste man sein Hirn anstrengen, hin und wieder täuschte man sich und stand mit dem Rücken zur Wand.

Libanese war einer von jenen, die schnell Karriere machen wollten. Terribile fragte sich, ob es nicht besser gewesen wäre, ihn kaltzustellen, solange er noch klein war, solange er noch nicht groß genug war, um ihn in die Hand zu beißen.

Er musste jedoch zugeben, dass Libanese sich im Knast wie ein richtiger Mann benommen hatte. Das musste man ihm zugutehalten. Und jetzt bot er ihm die Kehle dar, wie ein kleiner Hund einem großen. Immerhin hatte er in seiner langen Karriere mehr als einen knurrenden Welpen gezähmt. Nicht umsonst war er Terribile geworden.

Vielleicht verdiente der Junge eine Chance.

– Einen kleinen Job gäbe es tatsächlich.

Ein paar Stunden später tauchte Libanese in *Francos Bar* auf, mit einem entwaffnenden Lächeln und einem Rucksack. Ein Schwall von Vorwürfen kam ihm entgegen.

– So geht das nicht, Libano.

– Wir waren sogar bei dir zu Hause und haben dich gesucht.

– Und sogar im Wohnwagen.

– Wir sind überall herumgelaufen.

Libanese hatte es nicht anders erwartet. Aber es tat ihm nicht leid, ganz im Gegenteil. Sie hatten ihn vermisst. Sie hatten ihn gern. Und das war das Wichtigste.

– Sagen wir, ich hab ein paar Tage Urlaub genommen.

– Du? Und das sollen wir glauben?

– Ihr müsst es glauben, weil ich es sage. Und Schluss mit dem Gerede. Ich hab einen Job.

Ja, genau so war der echte Libanese, hart, unverblümt, immer mit erhobenem Kopf und aufrechtem Gang. Auch bei seinen Freunden.

XV.

Ein Typ, erklärte Libanese, hatte die tolle Idee gehabt, die Spielhölle in der Via Romagnoli in Ostia auszuräumen.

– Die von Terribile?

– Genau.

– „Ausgeräumt“, inwiefern?

– Offenbar hat er ’nen Haufen Geld mitgenommen.

– Willst du damit sagen, er hat die Spielhölle ausgeraubt?

– Nein, er hat beim Spiel gewonnen. Ohne falsch zu spielen.

– Und was geht das uns an?

– Terribile ist stinksauer. Er möchte den Zaster zurück. Zumindest einen Teil, wenn schon nicht den ganzen Verlust.

– Das musst du mir erklären: Wer ist der Typ? Es kann ja nicht jeder einfach so zu Terribile gehen und spielen … dafür braucht man einen Bürgen, oder nicht? Also, wenn Terribile sich nicht damit abfinden kann, soll er sich an seinen Bürgen wenden.

– Der Typ hat einen falschen Namen angegeben.

– Und sie haben ihm geglaubt?

– Offenbar ja.

– Und wo ist der Glückspilz jetzt?

– Bei Marisa, dem Busenwunder.

– Marisa? Der Hure vom Tufello?

– Genau.

– Ich dachte, die hätte sich zurückgezogen.

– Sie hat zwei Söhne im Knast, erklärte Libano. Das Leben ist hart.

Bufalo sah ihn merkwürdig an.

– Libano … es geht mich ja nichts an … aber wie ist es, wenn man mit Terribile befreundet ist?

Genau, wie war es? Alle wussten von der Geschichte mit Sara. Alle wussten, wie sehr er Terribile hasste. Alle sahen ihn jetzt genauso an wie Bufalo. Ein heikler Augenblick. Libanese hätte ehrlich sein, von Pasquale 'o Miracolo erzählen, mit offenen Karten spielen können. Aber der Augenblick war noch nicht gekommen.

– Vertraut mir. Ich habe meine Gründe.

Bufalo rümpfte die Nase. Dandi gab als Erster klein bei.

– Na gut, sagte er abschließend, nicht allzu überzeugt.

– Na gut, unterstützte ihn Bufalo seufzend.

– Und was machen wir mit den Waffen?, fragte Scrocchiazeppi.

– Auf dem Weg hierher war ich bei den Zigeunern in der Via di Salone, antwortete Libanese ruhig. Und nahm den Rucksack ab.

Kurz nach Mitternacht traten sie die morsche Holztür von Marisas Baracke ein und trällerten spöttisch: *Vom Himmel hoch …* Um glaubhaft zu wirken, verpassten sie der Hure eine Ohrfeige, wühlten in den Kleidern, die schmutzig waren vom Sex, und bedrohten den Freier, der sich im wahrsten Sinne des Wortes in die Hose schiss.

Dandi machte das Fenster auf, um zu lüften, die Ausdünstungen des Liebespaares beleidigten seine Nase. Das Geld steckten sie zur Gänze ein. Hundert Riesen. Dandi übernahm die Aufgabe, es Terribile zurückzubringen, nachdem er vier Riesen pro Kopf für die vier Musketiere und sechshunderttausend für Marisa abgezogen hatten, die einen Monat lang davon leben konnte. Eigentlich hätte sie nur fünfhunderttausend bekommen sollen, aber Dandi legte einen Hunderter drauf, „als Entschädigung für die Ohrfeige". Dandi wollte immer zeigen, dass er Stil hatte.

Libanese, Bufalo und Scrocchia versteckten den Rucksack im hohlen Rumpf einer alten Eiche unter der Ruine des Aquädukts Felice: nur eine vorübergehende Lösung, aber im Augenblick gab es keine bessere.

Bufalo verabschiedete sich von der Truppe, er murmelte, er brauche jetzt eine Frau.

Libanese überredete den widerwilligen Scrocchia, ihn auf einen Sprung ins *Re di Picche* zu begleiten. Er war in Form, er fühlte sich unschlagbar.

– Geh allein hin, ich bin todmüde …

– Nein. Du kommst mit, Scrocchia. Ich brauche ein Maskottchen.

Ausnahmsweise schien Libanese mit dem Spielen recht zu haben. Um vier Uhr hatte er dreißig Millionen gewonnen. Um sechs hatte er den Gewinn verdoppelt. Er ging von einem Tisch zum anderen, setzte mit geschlossenen Augen, und dazwischen probierte er es mit den Würfeln. Mit Lichtgeschwindigkeit näherte er sich den dreihundert Millionen. Das Schiff, randvoll mit Heroin, gehörte schon ihm.

Um sieben begann ein Poker der Extraklasse.

Scrocchia klopfte ihm auf die Schulter.

– Libano, vielleicht ist es an der Zeit aufzuhören. Du hast zu viel gewonnen.

– Zu viel ist nicht genug für mich, Scrocchia. Bleib sitzen und geh mir nicht auf die Nerven, du bekommst zehn Prozent.

– Darum geht es nicht, Libano. Hör auf mich … du forderst das Schicksal heraus.

– Na und? Kommen wir nicht auf die Welt, um das Schicksal herauszufordern?

Um Viertel nach neun hatte sich sein Gewinn halbiert. Scrocchiazeppi flehte ihn an aufzuhören.

– Noch eine Runde. Ich spüre, dass es wieder aufwärts geht, Scrocchia.

Es wurden zwei, dann drei, vier, zehn Runden.

Er borgte sich Geld von Scrocchiazeppi. Er spielte noch immer. Er verlor noch immer.

Um elf setzte er seinen letzten Einsatz. Schon in der Starthand hatte er eine Straße. Er schob den Rest der Chips in die Mitte des Tisches und sah das Full House Goriveras, eines alten pockennarbigen Vorstadtwichsers, der immer nur ganz wenige Hände spielte und nie verlor.

Libanese hingegen hatte alles verloren.

Mit schweren Beinen stand er vom Tisch auf, mit schmerzendem Kopf und gebrochenem Herzen.

Scrocchia versuchte ihn zu trösten.

– Libano, ich …

– Sag ja nicht „ich habe es dir ja gesagt“, sonst schieß ich dir in den Mund.

Von der Spielhölle ging er direkt nach Hause. Er betrank sich mit wissenschaftlicher Genauigkeit, wie besessen, bis kein Tropfen Alkohol mehr da war. Dann zerschmetterte er die Flaschen, eine nach der anderen. Er schlief ein. Er schlief eineinhalb Tage lang. Als er aufwachte, war er klar im Kopf und entschlossen. Na gut, er war gefallen und würde wieder aufstehen. Es war nicht das erste Mal gewesen, und es würde auch nicht das letzte Mal sein. Er hatte auf Angriff gespielt, jetzt musste er bei der Verteidigung beginnen. Auf wen konnte er zählen? Auf die Freunde, die ließen einen nie im Stich.

Und auf Giada. Er hatte sie voreilig sitzen lassen. Giada konnte ihm nützlich sein.

Und außerdem hatte er Lust, sie wiederzusehen.

XVI.

Als Giada nach Hause kam, lag er schlafend auf ihrer Türschwelle: in der einen Hand eine Champagnerflasche, in der anderen einen Rosenstrauß. Zuerst wollte sie über ihn drübersteigen, lautlos in ihre Wohnung gehen, die Tür hinter sich zumachen und ihn im eigenen Saft schmoren lassen. Aber immerhin war er zu ihr zurückgekehrt, und um ehrlich zu sein, machte sie das stolz. Also beugte sie sich über ihn und näherte sich langsam mit ihrer Hand seinem Gesicht. Libanese hatte einen leichten Schlaf wie ein Hund; ein Hauch, ein kaum wahrnehmbares Lüftchen genügte, und schon riss er seine verführerischen Augen auf.

– Giada …

Ohne zu wissen, wie ihr geschah, lag sie plötzlich unter ihm, sein Mund auf ihrem Mund, und ihr Hals wurde auf eine Weise umklammert, die nach lange zurückgehaltenem Begehren aussah. Zuerst gab sie sich hin, dann spürte sie, wie kalte Wut in ihr aufstieg. Nein, du machst es dir zu leicht, du kommst und gehst, verschwindest, kehrst zurück, wer glaubst du eigentlich, bist du? Sie versuchte sich zu befreien, befahl ihm, sie loszulassen, beschimpfte ihn. Libanese lockerte seinen Griff, schob sie vorsichtig zur Seite, stand auf.

– Entschuldige. Aber ich wollte dich unbedingt sehen.

Giada nestelte am Schloss, ließ die Tür halb offen stehen. Libanese verstand das als Einladung, nahm die Blumen und die Flasche und ging ihr nach.

Kaum hatte er die Wohnung betreten, fiel sein Blick auf ein großes Bild, eine Leinwand ohne Rahmen, die an einer Wand lehnte. Darauf waren die Umrisse eines weißen Pferdes vor einer grünen Wiese zu sehen. Rundherum ein blasser Himmel mit flüchtigen Wolken.

– Bist du unter die Maler gegangen, Giada?

– Gefällt es dir? Es stammt von dem Künstler.

– Und wer ist dieser Künstler?

– Ein ganz Bedeutender.

– Wirklich?

– Seine Bilder sind einen Haufen Geld wert. Wenn du möchtest, stelle ich euch einmal einander vor.

– Mich und das Pferd?

– Trottel. Dich und den Künstler. Übrigens ist er ein echter Genosse. Gib her, fügte sie hinzu und riss ihm die Flasche aus der Hand. Er ist warm. Ich trinke ihn ein anderes Mal.

– Ich dachte, wir würden ihn gemeinsam trinken …

– Da hast du dich getäuscht. Ich bin kein Jetonautomat, Libano. Ich stehe nicht zu deiner Verfügung.

– Ich musste etwas Luft schöpfen.

– Hattest du bei mir vielleicht das Gefühl zu ersticken?

– Ich habe einen Fehler gemacht. Ich möchte von vorne anfangen.

Zum ersten Mal lächelte sie. Es gelingt mir also doch, den Eisblock zum Schmelzen zu bringen, dachte er und ging wieder zum Angriff über. Er machte einen Schritt auf sie zu.

– Komm her …

Ihr Lächeln verwandelte sich in eine verächtliche Grimasse. Giada verschränkte die Arme. Als wollte sie sagen: Die Straße ist versperrt, Libanese.

– Ich verstehe, flüsterte er sanft, du hast einen Verlobten.

– Einen Verlobten? Was redest du? Nicht einmal meine Großmutter würde so sagen …

– Ach ja, heute sagt man: „Ich hab einen Freund."

– Ich hab keinen Freund!, protestierte sie, dann bereute sie es, protestiert zu haben. Außerdem geht es dich nichts an. Und wie kommst du überhaupt zu diesem brillanten Schluss?

– Nun, es ist mitten in der Nacht, du bist nicht zu Hause, kommst so …

– Wie so?

– So … so spät. Was soll man da denken?

– Heute ist Donnerstag. Donnerstag ist Frauengruppe.

– Was soll das sein?

Lächelnd erklärte Giada es ihm.

– Das versteh ich nicht. Einmal in der Woche triffst du dich mit Mädchen zum Quatschen …?

– Ja, wir sprechen über unser Leben, die Situation der Frau, unsere Sexualität … das macht ihr Männer doch auch, wenn ihr euch ein Match anschaut, Bier trinkt und über Frauen redet, die ihr gefickt habt oder ficken wollt …

Einen Augenblick lang sah Libano in Gedanken die Abende mit Dandi und Bufalo vor sich, Träume, Pläne, Witze, das ewige Problem mit den Mädchen, das Geld, das sie auftreiben mussten, das Leben, das sie ändern mussten … Es war dasselbe und doch nicht dasselbe. Einfach weil sie Männer waren und Frauen … anders waren. Frauen sollten bleiben, wo sie hingehörten. Angenommen, eine hatte an diesem Abend, genau an diesem Donnerstagabend Lust, ins Kino zu gehen oder mit ihrem Freund zu ficken, musste sie dann darauf verzichten? Und wenn sie ihrer Mutter oder ihrem Bruder helfen oder arbeiten musste? Musste sie all das hintanstellen, nur weil sie über weibliche Sexualität sprechen wollte? Ich bitte dich!

– Glaubst du wirklich an diese Dummheiten?

– Und du glaubst wirklich, ich bin nur dazu da, gefickt zu werden, wenn du Lust hast?

Libanese steckte den Hieb ein, ohne mit der Wimper zu zucken, und kehrte in seine Mansarde nach Trastevere zurück.

Die ganze Nacht dachte er nach. Er war zu impulsiv gewesen. Bei Giada musste er eine andere Strategie anwenden. Eine Frau von der Straße, eine von der Sorte, mit denen er bislang zu tun gehabt hatte, hätte sich vielleicht anders verhalten. Aber Giada gehörte einem anderen Stamm an. Um sie musste er kämpfen. Aber war sie der Mühe wert? Was bedeutete ihm die Verrückte? Gut, er begehrte sie, aber sie war ja nicht die einzige Frau auf der Welt. Aus einem fernen Winkel seines Herzens flüsterte ihm eine zarte verführerische Stimme zu: Giada ist nicht nur eine Bettgeschichte. Giada ist die Richtige. Und in seinem Hirn, in dem die Träume brannten, sang noch eine Stimme ein ganz anderes Lied: Du brauchst dreihundert Millionen, Libanese. Wo solltest du das Geld finden, wenn nicht bei denen, die es in Hülle und Fülle haben?

Ein Maler, der mit seinen Bildern einen Haufen Geld verdiente, war zum Beispiel ein guter Tipp, sofern man ihn zu nutzen verstand. Giada war vielleicht seine Eintrittskarte in die Welt der Reichen. Deshalb musste er sie auf alle Fälle zurückgewinnen. Umso besser, wenn sich das mit Sex verbinden ließ.

Im Morgengrauen war er noch immer wach und klar bei Verstand, fast zu sehr bei Verstand. Zwei Wünsche kämpften in seiner Brust, und einer würde über den anderen triumphieren. Insgeheim wusste Libanese auch schon welcher, aber er wollte es sich noch nicht eingestehen.

Er fand sich damit ab, dass er keinen Schlaf mehr finden würde, nahm die Mussolinibüste, die Schallplatten mit den Reden, die Granate, die Spitze des Bajonetts, das in El Alamein englisches Blut getrunken hatte, die Standarten und Wimpel und sonstigen Devotionalien, steckte sie in einen Sack und versteckte sie im Keller.

Jetzt war alles bereit.

Am Vormittag rief Giada ihn an. Der Künstler gab eine Party. Das war doch eine gute Gelegenheit, um neu anzufangen, oder?

XVII.

Libanese lief in den Räumen mit den hohen Gewölben umher, wo barocke Friese eine heitere Allianz mit Meisterwerken der Avantgarde einhergingen. Er suchte sich eine ruhige Ecke, wo er nachdenken konnte, weit weg von den aufdringlichen Genossen, ihrem lächerlichen Enthusiasmus. Das war er also, der große Libanese! Das war die Stimme der Straße! Giada hat ja so viel von dir erzählt! Das Lumpenproletariat schließt sich uns an und bringt seine chaotische, wilde Kraft ein.

Tatsächlich?

Sie befanden sich im Palazzo des Künstlers. Giada hatte ihm erklärt, dass man das K bei Künstler „bei der Aussprache betonen musste". Als wolle man damit zum Ausdruck bringen, dass es vor ihm niemanden gegeben hatte und dass es nach ihm niemanden mehr geben würde. Okay, jeder hat so seine Marotten. Ein schönes Haus allerdings. Drei Stockwerke in einem Gebäude am Lungotevere, und jedes Stockwerk war so viel wert, dass nicht nur einer, sondern zehn davon hätten leben können. Der Palazzo des Malers, pardon des Künstlers, war ein Hafen, ein Marktplatz, ein Schlaraffenland. Wenn nicht gerade ein Komplott geschmiedet wurde, wurde hier Poker gespielt, geraucht, getrunken, gesnieft. Es war das Ausbildungscamp der Bewegung. Es war die Spielwiese der Götterkinder.

Willkommen in Giadas Welt, Libano.

Sie war von einer Schar hysterisch kreischender Weiber in Beschlag genommen worden, für ein Gespräch unter Frauen. Plötzlich stand Libanese Sandro gegenüber. Der Junge wurde kalt und abweisend. Libanese gab ihm einen freundschaftlichen Nasenstüber.

– Alles in Ordnung, Sandri'?

– Alles in Ordnung.

– Gut. Mach weiter so.

– Libanese …

– Ja?

– Ich wollte dir sagen … damals an diesem Abend …

– Schon gut, ist in Ordnung.

Von einem Tablett, das gerade vorbeigetragen wurde, nahm sich Libanese ein Glas mit einem undefinierbaren Getränk. Sandro ging ihm nach. Libanese gab ihm zu verstehen, dass es ihm gerade nicht passte, und ging eine Marmortreppe mit rotem Geländer hinauf.

Hinter einer halb offenen, mit Arabesken geschmückten Tür hörte er eindeutiges Stöhnen und Seufzen. Libanese ging hinein. Ein Paar ging aufs Ganze, er vögelte sie von hinten und sie simulierte höchste Lust. Der Künstler saß in einem Sessel und verfolgte das Geschehen mit glasigem, aber konzentriertem Blick.

Libanese kannte das kopulierende Paar. Es waren zwei aus Centocelle. Er taugte nicht mal zum Klauen. Deshalb war er beim Porno groß rausgekommen. Offenbar, dachte Libanese, als er sich diskret zurückzog, war die Straße an den Hof der Götter gezogen.

Schon nach wenigen Schritten spürte er, dass ihn jemand an der Schulter berührte. Er drehte sich um. Der Künstler war ihm gefolgt. Und jetzt blickte er ihn an, mit einem Blick, der zugleich nichts und alles bedeutete. Er war ein kleiner Mann mit bereits angegrautem Haar. Libanese dachte, er hat wunderschöne, aber tote Augen, und er tat ihm unendlich leid. Er drückte ihm die Hand und stellte sich vor. Der Künstler kramte in seiner Tasche und bot ihm etwas an, das sich in einem Briefchen Stanniolpapier befand. Libanese öffnete es. Er tauchte den kleinen Finger in das weiße Pulver, kostete es und schüttelte den Kopf.

– Mit Heroin bringst du dich langsam um.

– Der andere nahm das Stanniolbriefchen zurück und sniefte den Inhalt.

Die beiden „Schauspieler", der Junge aus Centocelle und seine Freundin, kamen kichernd aus dem Boudoir, sahen Libanese und verstummten. Er warf ihnen einen vernichtenden Blick zu, und die beiden verschwanden.

Der Künstler schwankte. Libanese stützte ihn. Der Künstler dankte mit einer Geste.

– Setzt dich hin, es fährt gerade ein.

Der Künstler schnippte mit den Fingern, lächelte, ging langsam die Treppe hinauf.

Libanese folgte ihm ins obere Stockwerk. Ein Gedanke ergriff von ihm Besitz. Der Künstler war steinreich, der Künstler war schwer drogensüchtig, der Künstler war vielleicht eine Goldmiene. Er musste ein paar Worte mit Puma wechseln. Plötzlich stand er in einem kleinen Saal, der aussah wie ein Pfarrsaal, in einer Art Privatkino, in dem es sogar eine Projektionskabine gab und wo man die Silhouette eines bärtigen Riesen sah. Auf einen Wink des Künstlers hin ging das Licht aus und auf der Leinwand erschien der Vorspann von Fellinis *La dolce vita.* Libanese machte sich davon und ließ den merkwürdigen Mann in seiner Drogenhölle zurück.

Mit methodischer Sorgfalt durchsuchte er das Haus. In diesem Chaos machte ohnehin jeder, was ihm passte, und nach der anfänglichen Euphorie interessierte sich keiner mehr für ihn. Er fand fünfzig Gramm Shit, drei Koksbriefchen, noch ein Stanniolbriefchen mit Heroin, und in einer Schublade eine Million in bar. Er steckte alles ein, streifte noch ein wenig durchs Haus, spielte ein paar Runden Poker mit ein paar Jungs, die sich für den lieben Gott hielten, in einer Spielhölle jedoch keine Minute überlebt hätten, und als er Giada begegnete, nahm er sie um die Taille und ging mit ihr nach Hause.

– Hast du dich sehr gelangweilt, Libano?

– Ich habe den Künstler kennengelernt!

– Wie hat er auf dich gewirkt?

– Er hat mich zutiefst beeindruckt, Giada.

XVIII.

Ja, der Künstler hatte ihn wirklich zutiefst beeindruckt. So sehr, dass er am nächsten Tag wieder hinging. Ohne Giada, die zu ihrer Mutter hatte laufen müssen, um sie wegen einer ihrer vielen eingebildeten Krankheiten zu trösten. In der Tasche hatte er den Stoff vom Vortag und zwei Röhrchen Koks, die er sich auf Kredit von Puma hatte geben lassen.

Für den Anfang reichte das.

Der Künstler war nervös. Er lief auf und ab, noch wortkarger als sonst, wie ein Gespenst. Die Genossen wollten sich unbedingt hilfsbereit zeigen, aber alle Bemühungen waren umsonst. Dem Künstler ging es nicht gut, der Künstler litt.

Der Künstler war krank. Libanese würde ihn mit viel und guter Medizin heilen.

Libanese wartete, bis er sich in sein Heiligtum beziehungsweise den Vorführraum zurückgezogen hatte, setzte sich neben ihn und bot ihm ein Röhrchen Koks an. Der Künstler seufzte. Libanese nickte. Der Künstler stand auf und ging aus dem Raum. Libanese blieb sitzen. In der Kabine hörte er den Vorführer kichern. Der Künstler kam nach ein paar Minuten zurück, leerte seine Taschen, und ein Haufen Banknoten landete in Libaneses Händen. Drei Millionen auf den ersten Blick. Libanese beschloss, sich großzügig zu zeigen und gab ihm auch noch das zweite Koksröhrchen und das Stanniolbriefchen. Der Künstler sah ihm direkt in die Augen. In seinen Augen blitzte die Dankbarkeit des Häftlings auf, dem der Kerkermeister gerade ein frugales Mal serviert hat. Wenn er könnte, würde er ihm allerdings gerne den Hals umdrehen.

Libanese wurde rot. Und widerwillig musste er den Blick zu Boden senken. Was, ich soll mich genieren? Ist doch dein Bier, wenn du süchtig bist, oder nicht? Was willst du von mir? Urteilst du gar über mich, Herr Maler?

Ein schwarzer Hass, ein bösartiger Hass stieg in ihm auf.

Er ging auf die Terrasse, um ihn mit einem guten Whisky hinunterzuspülen. Er betastete das Geldbündel, das seine Taschen ausbeulte. Geschäfte, nur Geschäfte. Ein erster Schritt, nur ein erster Schritt.

So begann sein Leben als offizieller Lieferant des Künstlers und seiner Entourage. Innerhalb eines Monats hatte er fünfzehn Riesen aufgetrieben. Unter dem Namen Pidocchios, eines Penners, den er mit einer Flasche Wein und einem Zehntausend-Lire-Schein zufriedengestellt hatte, mietete er eine Garage und deponierte dort die Waffen. Er übernahm wieder die „Verwahrung" für diverse Banden. Weitere eineinhalb Riesen im Monat. Er zog zu Giada. Über Nembo Kid schickte er Pasquale eine Nachricht und bekam postwendend die Antwort: „An einem Abend im Mai." Er hatte also noch ein wenig Zeit. Er musste seine Aktivitäten aber erhöhen.

Er ließ ein paar Stücke aus dem Haus des Künstlers mitgehen. Kleinigkeiten, Bronzestatuen, Bilder, die man unter der Jacke verstecken konnte. Agnolotto aus der Via del Pellegrino, ein bewährter Hehler von Kunstgegenständen, zahlte einen guten Preis dafür. Als er zwanzig Millionen beiseite gelegt hatte, beschloss er, das Schicksal herauszufordern. Nicht am Spieltisch, denn damit, schwor er sich, hatte er abgeschlossen, sondern beim Pferderennen. Scrocchia beschaffte ihm einen Kontakt. Er gewann einen beträchtlichen Betrag. Die Dinge kamen in Schwung, allerdings noch immer zu langsam.

Ende März überfielen die Faschisten die Universität, und die Roten wollten ihnen in nichts nachstehen und gaben in der Nähe der Poliklinik ein paar Schüsse ab. Ein Genosse und ein Bulle lagen auf dem Pflaster, nicht tot, aber fast. Giada kam erst im Morgengrauen nach Hause, nach einer Versammlung, die die ganze Nacht gedauert hatte. Sie war bleich, stinksauer, roch nach Schweiß. Sie erinnerte nur noch entfernt an die Giada, die er kannte.

Sie erzählte ihm, dass sie nur mit Mühe den Knüppeln zweier tobender Polizisten entkommen war.

– Hast du sie beworfen?

– Nein. Ich habe nur protestiert. Das ist unser Recht.

– Schon gut, es ist gut ausgegangen, vergiss es. Ich würde jetzt ein schönes Bad nehmen, vielleicht zu zweit …

Nichts zu machen. Stunde X war angebrochen. Giada zog sich in aller Eile um, stürzte ein paar Tassen Kaffee hinunter und verkündete, dass die Bewegung wieder auf die Straße ging.

– Alles Gute, sagte Libanese trocken.

Sinnlos, mit der Verrückten zu streiten.

– Warum kommst du nicht mit?

– Und was soll ich dort?

– Du kannst uns helfen.

– Ich glaube, das sind eure Angelegenheiten …

– Offenbar bist du dir der Lage nicht bewusst. Die Faschisten werden Tag für Tag arroganter. Der reaktionäre Staat beschützt sie. Wir haben die Pflicht …

Bei dem Wort „Revolution" schaltete Libanese auf Autopilot und hörte ihr nicht mehr zu. Wenn Giada dieses Wort aussprach, wurde sie eine andere. Veränderte sich. Ihre Züge wurden hart, die Stimme spröde, manchmal sogar zischend, und sie nahm seltsame Wörter in den Mund. Das sinnliche, sexy Mädchen verwandelte sich in eine steife und ewig schlecht gelaunte Kommunistin.

Allein das war ein Grund, um dem Kommunismus zu misstrauen: Er machte hässlich.

Am liebsten hätte er zu ihr gesagt: Ekelt dich wirklich so vor dem Geld deines Vaters? Bist du wirklich bereit, für diese Revolution alles wegzuwerfen? Was für eine Revolution überhaupt? Erklär das mal einem, der in einem Sozialbau aufgewachsen ist, wo man sich am Vormittag vor dem Gemeinschaftsklo anstellen musste und dessen Mutter sich abgerackert hat, um Wäsche für die feinen Herrschaften zu waschen. Tausche deine elegante Privatschule gegen einen Hort, wo sie mit dem Finger auf dich zeigen, weil du in Lumpen gekleidet bist und stinkst. Versetz dich mal in die Lage des bösen Kindes, das dich aus reinem Hass an den Haaren zieht. Aus Hass auf das, was du bist und darstellst, auf das, was das Kind niemals erreichen wird.

Er zog die Jacke an, küsste sie mit spöttischer Miene und ging zum Pferderennen. Scrocchiazeppi wartete schon auf ihn.

Sie hatten viel Glück an diesem Nachmittag, und zwar bis zum letzten Rennen, ein traumhaftes Crescendo. Das war das Verdienst Scrocchiazeppis und seines Kontaktmannes Turco, eines alten Haudegens, der in das Geheimnis der Rennen eingeweiht zu sein schien. Im Augenblick arbeitete Turco für den Baron Rosellini, einen steinreichen Adeligen, der eine Leidenschaft für Pferde hatte. Turco kassierte fünfzehntausend, bei einem von dreißig Rennen gab er dem Baron dreißigtausend ab. In den restlichen neunundzwanzig Rennen teilte er sich den Gewinn mit Terribiles Jungs (nicht schon wieder!). So blieb das Geld im Milieu, und der Baron Rossellini zappelte an der Angel. Turco, dem ein Ruf als Schwuler vorauseilte, hatte eine Schwäche für Scrocchia, und so gab er ihm bei Gelegenheit die richtigen Tipps.

– Ach, heute habe ich mir einen Monat Unabhängigkeit verdient.

Auch nach dem Abzug von Turcos Anteil blieb genug, um eine Zeit lang würdevoll zu leben. Scrocchia rieb sich die Hände. Er strahlte vor Glück.

– Und was ist in einem Monat?, entschlüpfte es Libanese, der noch immer vom Ruhm träumte.

– Tja, schnaubte Scrocchia. Fürs Erste kauf ich mal ein Geschenk für meine Freundin.

Ja, ja, die Freundin. Trotz des Gewinns war Libanese noch immer schlecht gelaunt. Es war der Gedanke an Giada, der ihn unruhig machte. Er hätte sie nicht gehen lassen dürfen. Wie sollte sie sich auf der Straße verteidigen, sie, die von der Straße keine Ahnung hatte? In den Büchern war die Revolution ja vielleicht eine schöne Sache, aber die Straße, ja die Straße war ein hässliches Tier. Und als er auf dem Heimweg den Sender der Bewegung einstellte, wurde die Unruhe zu Panik.

Scrocchia neben ihm schüttelte verärgert den Kopf.

– Hast gehört, Libano? Die wollen 'nen Bürgerkrieg anzetteln.

Ja, es sah schlecht aus. Eine Nachricht folgte auf die andere, in einem aufgeregten Crescendo. Die Genossen warteten darauf, festgenommen zu werden. Die Genossen warteten darauf, massakriert zu werden. Auf dem Campo de' Fiori lag das Epizentrum der Zusammenstöße. Dort, wo man diesen Mönch, Giordano Bruno, verbrannt hatte. Offensichtlich brachte die Piazza Unglück.

Auf der Portuense trennte er sich von Scrocchia und fuhr entschlossen Richtung Zentrum. Die Revolution war ihm scheißegal, Giada jedoch nicht.

Er fand sie auf der Via dei Balestrari. Die Bullen von der Einsatzpolizei gingen gerade zum Angriff über. Sie schlugen zu wie verrückt, und die Genossen flohen wie verschreckte Mäuse. Niemand achtete auf Libanese. Diesmal war seine Verbrechervisage ein Vorteil.

Giada war festgenommen worden. Zu zweit schleppten sie sie zu einem Auto mit Panzerglasfenstern. Sie wehrte sich und trat um sich, beschimpfte die beiden Bullen auf unflätige Weise. Hinter ihr wurde weitergeprügelt. Libanese verspürte einen beißenden Geruch und musste husten. Tränengas. Er musste sich beeilen, bevor ihn die Wolke außer Gefecht setzte. Er zückte die Klinge und stürzte los. Er packte den ersten Bullen von hinten, stach zu, oberflächlich, nur ein kleiner Kratzer am Rücken, um ihm Angst zu machen. Dann stürzte er sich auf den anderen, der sich bereits überrascht umgedreht hatte, und streckte ihn mit einem Kniestoß in den Unterleib nieder. Giada war plötzlich frei.

– Komm!

Er nahm sie an der Hand, und sie begannen zu laufen.

Anders als erwartet, gab es zu Hause weder Dank noch Liebe. Er musste sich vielmehr bei Giada bedanken, denn endlich hatte er verstanden, sie hatte ihm die Augen geöffnet. Endlich hatte er die ersten Schritte auf dem Weg der Revolution gemacht. Ein Scherz!

Sie stritten die ganze Nacht lang wie ein altes frustriertes Ehepaar. Giada spielte die Rolle der Marxismuslehrerin, und Libanese schwankte zwischen Schlaf, Wut und Enttäuschung. Schließlich gab er sich zum Schein geschlagen.

– Schon gut, du hast mich überzeugt. Wir stehen auf derselben Seite.

Erst jetzt küsste sie ihn, endlich zufrieden. Und endlich gingen sie miteinander ins Bett.

XIX.

Libanese wartete, bis die Damen für kleine Mädchen gingen, dann schnitt er das Thema an.

– Und?

– Was und, Libano? Is' ein schöner Abend, oder nicht?

Libanese hatte in Fiumicino bei *Bastianelli al Molo* einen Tisch bestellt. Endlich hatte er Giadas Drängen nachgegeben. Er würde ihr seine Freunde vorstellen. Das gehörte sich so, immerhin waren sie schon eine Zeit lang zusammen.

Dandi wollte sich nicht konkret äußern, Bufalo stopfte Linguine mit Hummer in sich rein. Eh alles ganz normal, oder nicht? Aber kommt schon! Libanese waren die Blicke nicht entgangen, die sich seine beiden Freunde im Laufe des Abends zugeworfen hatten, die übertriebene Höflichkeit, der leise Spott, der in Dandis Bemerkungen lag.

– Sie gefällt euch nicht, oder?

– Wer denn?

– Hör damit auf, Dandi.

Dandi goss sich den letzten Tropfen Champagner ein, dann hielt er den Kellner auf, um die vierte Flasche zu bestellen. Oder war es schon die fünfte? Er hatte den Überblick verloren. Bufalo kämpfte indessen lautstark mit dem Hummer.

– Wo hast du sie aufgerissen?

– Unterwegs.

– Tja, was soll ich sagen. Sie ist nicht so wie die anderen …

Dandi sprach den Satz nicht zu Ende. Er wischte sich einen Krümel aus dem Mundwinkel und warf einen mitleidigen Blick auf Bufalo. Dandi, Bufalo, seine Brüder. Ihm zu Ehren hatten sie sich herausgeputzt. Dandi trug einen weißen Leinenanzug mit Schlaghose, ein rosa Seidenhemd, einen Gürtel aus Krokodilleder mit Nieten, Wildledermokassins, die er bei Boccanero im Testaccio gekauft hatte, und eine Rolex, die sogar echt wirkte. Bufalo trug zum ersten Mal in seinem Leben, allerdings widerwillig, eine Krawatte. Aber Dandi spannte das Sakko an den Schultern und am Bauch, und Bufalo sah aus wie ein Erhängter mit der Schlinge um den Hals. Herausgeputzt, aber dennoch Vorstadtwichser. Genau darum ging es. Die beiden Welten. Sie hatten auf den ersten Blick erkannt, woher Giada stammte.

– Bemüht euch, ihr zu gefallen, wir gehen nämlich miteinander.

Die Frau des Freundes ist heilig, über die Frau des Freundes lästert man nicht. Die Frau des Freundes akzeptiert man, und aus. Die Frau des Freundes ist deine Schwester, deine Mutter, deine Tochter. Die Frau des Freundes ist nicht einmal eine Frau. Die Frau des Freundes ist die heilige Muttergottes.

Sie sahen sich ein paar Augenblicke lang an, dann zuckte Dandi mit den Schultern und senkte den Blick. Überhaupt nicht überzeugt.

Bufalo hob das Gesicht vom Teller, gab einen zufriedenen Rülpser von sich und sagte:

– Er hat was mit ihr vor, Dandi.

– Was redest du da? Wer?

– Libanese. Dandi, ich sage dir, dass Libano mit dem Mädel was vorhat.

Dandi starrte ihn mit aufgerissenen Augen an.

Der Kellner entkorkte den Champagner.

Libanese schenkte sich und den anderen ein. Er stimmte weder zu, noch leugnete er. Bufalo überraschte ihn immer wieder. Manchmal kam er ihm wie ein Verrückter vor, doch dann erschien er ihm wieder wie ein Genie.

Auf der Damentoilette bot Ulla Giada derweil einen Zug an, während Rossella an ihren Titten rumfummelte.

– Koks?

– H. Heute Abend bin ich etwas nervös.

– Nein danke, Heroin mag ich nicht.

– Hast du es überhaupt schon mal probiert?

– Vielleicht ein anderes Mal. Danke.

– Wie du meinst, meine Schöne.

Ulla legte den Stoff auf das Waschbecken, rollte einen Zehntausenderschein zusammen und sniefte das Zeug in einem Zug. Rossella hängte sich bei Giada ein.

– Sag mal, was für einen Beruf hast du?

– Ich studiere.

– Aber dein Freund hat dir nicht gesagt …

– Libanese?

– Genau.

– Wir gehen nicht wirklich miteinander.

– Aber ins Bett gehst du schon mit ihm, oder?

– Das ist wohl meine Sache.

– Nun komm schon, wir sind hier unter uns.

– Ja, ich war mit ihm im Bett.

– Sehr gut. Und dein Freund, der gar nicht dein Freund ist, obwohl du mit ihm ins Bett gehst, hat dir nicht gesagt, dass man sich ordentlich anzieht, wenn man ausgeht?

– Wieso, bin ich deiner Meinung nach schlecht angezogen?

– Natürlich. Schau dich an. Flache Schuhe, Jeans, noch dazu weite Jeans, und dann dieses T-Shirt mit der Aufschrift „Ich gehöre mir" … Glaubst du, das interessiert jemanden?

Giada empfand eine Mischung aus Faszination und Abscheu. Mit solchen Frauen hatte sie noch nie etwas zu tun gehabt. Ulla war eine fade Blondine, die nur ihre Titten im Kopf hatte. Rossella, eine Brünette, die die Spuren der Zeit mit zentimeterdicker Schminke zuzukleistern versuchte. Diese Frauen waren ganz anders als ihre Freundinnen aus der Frauengruppe, als die Genossinnen vom Kollektiv. Verglichen mit diesen beiden war sogar ihre Mutter eine Leuchte. Rossella zuckte mit den Achseln.

– Tja, auch Libanese ist ein ungehobelter Klotz … im Gegensatz zu Dandi. Der hat Klasse.

Rossella senkte die Stimme, ihr Ton wurde vertraulich.

– Den darfst du dir nicht durch die Lappen gehen lassen. Im Augenblick hat er eine Schwäche für die Idiotin da, flüsterte sie und zeigte auf Ulla, die mit geschlossenen Augen vor sich hin summte, weil das Heroin gerade voll eingefahren war.

– Aber das wird nicht lange dauern. Dandi ist im Bett eine Wucht … und er zahlt gut.

– Er zahlt?

– Ja, er zahlt, mein Liebe, Geld, Kröten … du wirst mir doch nicht erzählen, dass du gratis mit den Männern ins Bett gehst. Eine wie du, bei den Männern, die du kennst … für eine schnelle Nummer könntest locker einen Hunderter verlangen.

– Darüber hab ich eigentlich noch nie nachgedacht, Rossella.

– Dann solltest du es schnellstens tun. Die Männer haben ja nur eines im Kopf. Los, gehen wir jetzt … Ulla, Schätzchen, wach auf, bevor uns die Polente auf die Pelle rückt.

Als sie wieder auf die Terrasse hinausgingen, stand Dandi auf, verbeugte sich höflich vor ihr, und rückte ihr den Stuhl zurecht, damit sie sich bequem hinsetzen konnte. Sie wollte gerade Platz nehmen, als Libanese ihr den Arm um die Schultern legte.

– Wir gehen, Jungs.

Giada bemerkte, dass Bufalo sie beobachtete. Der Junge hatte irgendetwas Grausames an sich.

– Ja, gehen wir, sagte sie fröstelnd.

An diesem Abend lernte sie viele neue Dinge kennen. Er nahm sie mit in die Mansarde in Trastevere.

Nachdem sie miteinander geschlafen hatten, fiel Libanese in einen tiefen Schlaf.

Giada war unruhig. Sie bekam keine Luft. Derart enge Räume war sie nicht gewohnt. Sie riss ein Fenster auf. Irgendwo im Hintergrund hörte man das Echo des Schlagers *Lella, quella ricca.* Irgendjemand war wohl eingeschlafen und hatte vergessen, das Radio auszuschalten. Ausgerechnet dieser Schlager. Es war Vollmond. Zwei Katzen verfolgten einander auf dem Pflaster und fauchten wie wild.

Sie mochte Libanese. Libanese machte ihr Angst. Sie musste zugeben, dass sie am Anfang nur aus Neugier seine Nähe gesucht hatte. In ihren Kreisen war man schon seit geraumer Zeit der Meinung, das Lumpenproletariat könnte insgeheim revolutionär gesinnt sein, das kriminelle Potential könnte sich unter umsichtiger Führung in revolutionäre Kraft verwandeln. Was bedeutete, sie stünden auf derselben Seite. Und so hatte sie zugegriffen, als Libanese aufgetaucht war. Aber vieles von dem, was sie kennenlernte, gefiel ihr überhaupt nicht. Wie sollte sie Libanese erklären, dass sie seine Freunde schrecklich fand und die beiden Huren widerlich?

Aber vielleicht wusste er das ohnehin. Hatte er nicht alles getan, um sie von seiner Welt fernzuhalten?

Im *Bastianelli* hatte sich Giada augenblicklich fehl am Platz gefühlt. Aber hast du dir vielleicht vorgestellt, Bufalo und Dandi könnten im Park Molotowcocktails werfen und Ulla und Rossella Flugblätter verteilen? Nun komm schon!

Giada musste sich über sich selbst klar werden.

Über sich selbst und über ihn. Vielleicht war er ehrlicher als sie. Er hatte beschlossen, ihr seine Welt zu zeigen, um ihr jede Illusion zu nehmen.

Und das gefiel ihr.

– Was denkst du gerade?

Libanese stand plötzlich hinter ihr. Er küsste sie auf den Hals.

– Habe ich dich erschreckt?

– Nein, ich kann nicht schlafen.

– Komm, ich erzähle dir eine Geschichte. Dann schläfst du vielleicht ein.

XX.

Sie lagen im Bett. Das Licht war aus.

– Habe ich dir jemals erzählt, dass ich den Beruf von meinem Vater geerbt habe?

– Nein.

– In der Kartei meines Vaters stand: vorbestraft, arbeitslos, lebt von Gelegenheitsjobs. Doch im Grunde hatte er einen Job. Er war Dieb.

Erfolgloser Dieb, um die Wahrheit zu sagen. Er hatte mehr Fehlschläge als Erfolge zu verbuchen. Um Erfolg zu haben, fehlten ihm einige grundlegende Eigenschaften. Mut, Hirn, Herz und Eier. Eigentlich hatte er überhaupt keine guten Eigenschaften. Er träumte vom großen Coup, der es ihm ermöglichen sollte, ein sorgloses Leben zu führen. Und derweil lag er Signora Pina auf der Tasche. Eines Tages war er verschwunden. Ohne sich auch nur zu verabschieden.

– Und du warst allein.

– Besser als in schlechter Gesellschaft, oder? Und außerdem hat er mir nichts bedeutet. Ich erzähle dir, wer mein wirklicher Vater war.

Giada schwieg. Libanese seufzte. Plötzlich wirkte er wie ein kleiner verlorener Junge.

– Er hieß Scarnicchia, fuhr er fort.

Er war ein alter Penner. Aus irgendeinem Grund hatte sich im Viertel das Gerücht verbreitet, dass er in seiner Matratze ein Vermögen versteckte. Libanese war damals zwölf Jahre alt gewesen, es war ihm gelungen, in seine Wohnung einzudringen, in eine Kellerwohnung auf der Via della Scala, wo es nach Mäusen und Elend stank.

– Ich hatte ein kleines Messer. Ich wollte den Schatz finden. Ich wollte meiner Mutter einen Fernseher schenken. Ich wollte, dass alle wissen, wozu ich fähig bin.

Und plötzlich hatte er eine Klinge am Hals und der Alte drohte, ihn in Streifen zu schneiden. Und er schrie: „Du wolltest hier was klauen, was? Das werde ich dir austreiben, du Trottel!"

– Und du?

– Und ich ... habe mich angemacht. Ach, ich war zwölf Jahre alt, zum Teufel!

Aber dann hatte ihn der Alte genauer angesehen, geseufzt und das Messer einschnappen lassen.

„Ach, schau mal! Der Sohn von Pina und Oreste."

Der Alte hatte ihm von seiner Mutter erzählt. Wie sehr ihm Signora Pina gefallen hatte. Eine Schönheit. Wenn sie durch die Gassen ging, drehten sich alle um und sahen ihr nach. „Aber sie war immer ganz ernst, schlug immer den Blick zu Boden und ging schnurstracks nach Hause. Hat nie jemandem vertraut. Dann hat sie sich mit diesem Trottel, deinem Vater, eingelassen, und das Ende ist ja allseits bekannt ..."

– Und dann fragte er mich: „Sag mal, weißt du überhaupt, wer ich bin?" „Nein, Signore", antwortete ich, „ich schwöre, man hat mir gesagt, du hättest einen Haufen Geld und da wollte ich mal nachsehen ..." Und er: „Geschwätz. Mir ging es nie ums Geld, mir ging es immer nur um die Ehre. Um die Ehre und das Messer."

Und in diesem Augenblick ließ der Alte wieder das Messer aufspringen und sagte zu Libanese: „Siehst du diese Wurst da, die an der Schur hängt?“ Libanese nickte.

Der Alte sagte: „Schau auf die Schnur, schau gut hin … so …“

– Und eine Sekunde später … da lass ich mich abstechen, wenn ich dir ’ne Lüge erzähl, Giada … lag die Wurst auf dem Boden, und die Schnur hing von der Decke, genau in der Mitte entzweigeschnitten. Und mir war nicht mal aufgefallen, dass er das Messer gezückt hatte …

Der Alte, den alle für gleichzeitig harmlos und verschlagen hielten, war niemand anderer als Scarnicchia. Der letzte große Halbstarke von Rom.

– Du wirst zu mir sagen: Na und? Und ich sage zu dir: Wenn ich jemals einen Lehrmeister gehabt habe, dann Scarnicchia. Von ihm habe ich alles gelernt. Wie man mit dem Messer umgeht, wie man eine Beleidigung ausspricht und wie man reagiert, wenn man selbst beleidigt wird. Wie man auf der Straße geht, mit hoch erhobenem Kopf und rausgestreckter Brust, und wann man mutig sein und wann man hingegen den Schwanz einziehen muss. Von ihm hab ich gelernt, was Respekt und Ehre bedeuten.

Scarnicchia hatte sich wegen einer Liebesgeschichte zugrunde gerichtet. Bei einer Schlägerei mit seinem Rivalen hatte er zwei Faustschläge zu viel ausgeteilt, und der andere hatte das Zeitliche gesegnet. Scarnicchia hatte sich gestellt. Er bereute es nicht, aber er würde anständig dafür büßen. Nie hätte er sich gedacht, dass ihn die Frau sitzen lassen würde, für die er zwanzig

Jahre lang in den Knast ging, um einen Kredithai von der Piazza dei Caprettari zu heiraten.

– Bei seinem Begräbnis habe ich den Sarg auf der Schulter getragen. Ich habe geweint wie ein Kind. Scarnicchia war ein Großer. Solche wie ihn gibt es nicht mehr.

So, die Geschichte war zu Ende. Aber Giada hörte ihm nicht mehr zu. Sein Augenstern war eingeschlafen.

– Du bist so süß, flüsterte Libanese, zerbrechlich, sexy … Vielleicht werde ich dir wehtun, und ich schwöre dir, dass es mir leid tun wird. Aber vielleicht werde ich dir auch nicht wehtun, und dann lautet die Frage: Was tu ich eigentlich hier bei dir?

Giada schlief noch immer, als Nembo Kid am nächsten Morgen vor dem Fenster pfiff. Nembo musste für seine sizilianischen Freunde ein paar Revolver aufbewahren. Libanese ging mit ihm auf die Baustelle, wo sie sich über den Preis einigten. Er nahm die Waffen und trug sie in die Garage.

Als er nach Hause zurückkam, war seine Mutter da. Die beiden Frauen tranken Kaffee wie zwei alte Freundinnen. Sora Pina erwiderte kaum seinen Gruß, küsste Giada zum Abschied auf beide Wangen (sie nannte sie „Signora“), und bevor sie ging, warf sie Libanese einen glühenden Blick zu.

– Was hat meine Mutter zu dir gesagt?, fragte er, als sie wieder allein waren.

– Dass ich dir nicht trauen soll.

XXI.

Beim Verlassen der Pferderennbahn zählte Libanese den Gewinn. Ein anständiger Tag. Scrocchia hatte sich krank gemeldet, aber Turco hatte ein paar sensationelle Zweierwetten gewonnen.

Ergebnis: drei Mille. Kapital für das große Projekt.

– Auf ein Wort, Libano …

Er musterte die beiden Typen, die ihn in die Mitte genommen hatten: 'o Marocco und Giamesbonde, zwei Dealer, die mit Puma zusammenarbeiteten. Früher hatte Giamesbonde Giada mit Stoff versorgt. Der Gesichtsausdruck der beiden gefiel ihm nicht.

– Was ist?

Der Schlag kam total unerwartet, aus heiterem Himmel, wie es so schön heißt. Plötzlich lag er flach auf dem Boden.

Als er aufzustehen versuchte, verpassten sie ihm einen Tritt gegen die Schulter.

– Schon gut, es reicht, was wollt ihr?

Er drehte sich um die eigene Achse, und ein weiterer Fußtritt zerschmetterte ihm den Brustkorb.

– Gerüchten zufolge verkaufst du dem Künstler Stoff.

– Nur mit der Ruhe, Jungs. Puma weiß alles.

– Wir arbeiten nicht mehr mit Puma zusammen, Libanese.

– Jetzt arbeiten wir für Terribile.
– Er beliefert den Künstler.
– Der Künstler gehört uns.
– Der Künstler ist tabu.
– Es gibt eine Abmachung, hast du begriffen, du Trottel?
– Deshalb wirst du keinen Fuß mehr in sein Haus setzen.
Giamesbonde zückte die Pistole und entsicherte sie.
– Wie viel hast du ihm abgenommen?
– 'Ne Kleinigkeit.
– Gut. Von nun an gehört das uns. Du bist doch einverstanden, oder?
– Und das da nehmen wir uns auch.
– Drei Riesen. Gar nicht so schlecht, oder?
– Irgendein Problem, Libano?
Verdammt. Es war so gut gelaufen. Zu gut.

Libanese erzählte Puma von dem Vorfall. Sie berieten sich.

Drei Tage nach der Schlägerei ging er wieder zu dem Künstler. Er wusste, dass er sie dort antreffen würde.

Als Giamesbonde und 'o Marocco ihn auftauchen sahen, mit einem unterwürfigen Grinsen und einer Magnumflasche Veuve Clicquot, machten die beiden gleich Drohgebärden.
– Du bist noch immer hier?
– Hast du deine Lektion nicht gelernt?
Er nahm ihnen den Wind aus den Segeln, indem er die Hände zum Zeichen des Friedens hob.
– Kommt, trinken wir ein Glas. Ich wollte euch einen Vorschlag machen …

Sie gingen mit ihm auf die Terrasse hinaus, mit verächtlichem Blick.

Libanese tat so, als würde er mit dem Korken hantieren.

– Und?

– Was für einen Vorschlag?

– Wir haben keine Zeit zu verlieren, Libano.

Libanese holte aus und zerschmetterte die Flasche auf 'o Maroccos Kopf. Während der mit einem tierischen Schrei zu Boden ging, zog Libanese das Messer und setzte es seinem Freund an die Kehle. Er nahm ihm die Pistole ab, eine zweiläufige Beretta, die später bei Nembos Waffensammlung landen würde, und stieß ihn an die Wand.

– Ich hab mich ein wenig mit Puma unterhalten.

– Libano.

– Halt's Maul. Ihr arbeitet nicht für Terribile. Terribile weiß nicht einmal, dass es diesen Ort hier gibt. Und ich bin schon neugierig, was er für ein Gesicht machen wird, wenn ich ihm sage, dass ihr seinen Namen verwendet.

– Libano …

– Ich hab dir gesagt, du sollst das Maul halten!

'O Marocco versuchte hochzukommen. Libanese verpasste ihm einen Fußtritt gegen den Unterkiefer. 'O Marocco röchelte, hustete, erbrach.

Dann konzentrierte sich Libanese wieder auf Giamesbonde.

– Ihr könnt euch ja gar nicht vorstellen, was für Lust ich hätte, euch in kleine Stücke zu schneiden.

Giamesbonde war drauf und dran, sich in die Hose zu machen. Libanese war außer sich. Und wegen diesen beiden Schwachsinnigen hatte er drei albtraumhafte Tage verlebt. Wegen ihnen hatte er sich von Giada ferngehalten, hatte sich gefragt, ob er Terribile offen herausfordern durfte, ob er einen Krieg anzetteln sollte, der von Anfang an verloren schien, oder ob er die Kränkung runterschlucken und das Gesicht verlieren sollte. Er hatte sich schon überlegt, ob er Rom verlassen und woanders neu beginnen sollte. Und warum war das alles geschehen? Weil Libanese im großen Supermarkt der Straße eine Null war. Und deshalb hatten diese beiden, die ebenfalls ausgemachte Nullen waren, ihn über den Tisch ziehen können, ohne dafür büßen zu müssen.

Eigentlich hätte er sie hier an Ort und Stelle umbringen sollen. Der Bestie was zu fressen geben sollen. Zwei Morde begehen, um seiner Wut einen Sinn zu geben. Pasquale 'o Miracolo hätte zugestimmt. Aber er war nicht Pasquale 'o Miracolo. Noch nicht. Er ballte die Fäuste, schnaubte, ließ die Klinge einschnappen.

– Jetzt hört ihr mir mal gut zu, du und dein Freund.

– Alles, was du willst, Libano, alles!

– Von heute an dealt ihr für Puma und mich. Die Hälfte für Puma, der den Stoff besorgt; und von dem, was übrig bleibt, fünfundsiebzig Prozent für mich und der Rest für euch.

– Ist gut.

– Und die drei Riesen vom letzten Mal … die will ich bis morgen zurückhaben.

– Libano, jammerte Giamesbonde … das geht nicht …

– Ich glaub, ich versteh dich nicht.

Giamesbonde zeigte auf seinen Komplizen, der sich mühsam aufrichtete, mit blutüberströmtem Gesicht.

– Der Trottel hat sie beim Zecchinetta, beim Kartenspiel, verspielt.

– Na und? Klau sie, schick deine Frau auf den Strich … das ist nicht mein Problem. Bis morgen Abend will ich das Geld!

– Alles in Ordnung?

Sandro war gekommen. Libanese lächelte aufmunternd.

– Alles in Ordnung. Mein Freund ist ausgerutscht. Wenn du ihm bitte helfen würdest.

Sandro ging zu 'o Marocco, aber der wies ihn unfreundlich ab. Sandro zog sich beleidigt zurück. Libanese zuckte mit den Achseln, als wollte er sagen: Reg dich nicht auf. Dann forderte er ihn mit einer Geste auf zu gehen.

Libanese gab 'o Marocco, der sich auf Giamesbonde stützte, einen leichten Klaps auf die Wange.

– Du bist nicht nur ein Trottel, sondern auch ein ungehobelter Klotz.

– Ich mag keine Schwulen.

– Wie?

– Was, das weißt du gar nicht? Sandro, dein kleiner Freund, ist schwul bis über beide Ohren.

– Aber er zahlt gut, sein Vater hat 'ne Menge Geld.

– Ruhe, ihr redet zu viel, ich muss nachdenken.

Eine Idee war geboren. Ganz plötzlich, eine perfekte Idee.

Sandro! Ich hab dich die ganze Zeit vor Augen gehabt und habe nicht begriffen. Sandro! Du wirst mein Leben ändern.

Giamesbonde und ’o Marocco sahen zu, wie er ins Haus ging und wie ein Verrückter lachte. Sie dachten, dass sie nur knapp die Kurve gekratzt hatten. Sie verstanden, dass man von Libanese noch hören würde.

XXII.

Bufalo kratzte sich den großen Kopf. Scrocchia fluchte leise. Sie standen im Hinterzimmer von *Francos Bar*, neben dem Billardtisch. Dandi stellte den Queue ab, goss sich ein Bierchen ein und sagte nichts.

– Eine Entführung ist eine ernsthafte Angelegenheit, Libano, wagte Scrocchia einzuwenden.

– Wir sind ernsthafte Personen, Scrocchia, keine Clowns.

– Und wen sollen wir entführen?

– Einen stinkreichen Baulöwen.

– Einen Freund von deinem Mädchen?, unterstellte Bufalo schläfrig.

– Mädchen? Welches Mädchen?, rief Scrocchia aus, der von der Geschichte zwischen Libanese und Giada nichts wusste.

Libanese blickte Dandi an, der noch immer mürrisch schwieg. Dandi war die Schlüsselfigur. Wenn er ja sagte, würden auch die anderen zustimmen. Aber Dandi zögerte. Und er hatte gute Gründe. Vor einem Jahr hatte er gemeinsam mit drei Vollidioten aus dem Vorort Giardinetti versucht einen Diamantenvertreter zu entführen. Bei Anbruch der Dunkelheit hatten sie ihn überfallen, bewaffnet und maskiert, wie es sich gehörte. Anders als erwartet, hatte der Typ sich jedoch als harter Knochen erwiesen. Plötzlich hatte er eine Halbautomatische in der Hand gehabt und wild um sich geschossen. Dandi und die seinen waren völlig überrascht gewesen. Die Schüsse hatten Leute angelockt, und, was noch schlimmer war, eine Streife der Falken, des harten Trupps der Einsatzpolizei in Zivil. Die drei aus Giardinetti lagen plötzlich mit dem Gesicht auf dem Boden und hatten eine Pistole im Nacken. Dandi war es irgendwie gelungen abzuhauen. Im Knast hatten die drei gesungen, wodurch sie sich den Namen „Lescano-Trio" einhandelten. Dandi war ein paar Monate lang untergetaucht, mithilfe eines gekauften Alibis und eines leichtgläubigen Richters war die Anklage fallengelassen worden. Aber Dandi hatte seine Lektion gelernt. Deshalb widersetzte er sich so gut wie möglich dem Plan.

– Ich weiß nicht, Libano. Eine Entführung kann drei, vier Monate dauern …

– Unsere wird ganz schnell über die Bühne gehen.

– Wir brauchen Waffen.

– Haben wir.

– Einen Ort, wo wir die Geisel verstecken.

– Wir verstecken sie bei Marisa, dem Busenwunder, die noch dazu gut kocht.

– Wir müssen der Familie Botschaften schicken.

– Darum habe ich mich schon gekümmert.

– Allein für die ersten Ausgaben brauchen wir ungefähr zwanzig Mille.

– Ich habe fünfzig berechnet.

– Und wer gibt sie uns, der Weihnachtsmann?

– Dreißig hab ich schon zur Seite gelegt. Und ich weiß, wie ich mir den Rest besorgen kann.

– Und wenn der nicht bezahlt?

– Er bezahlt.

– Und wenn er doch nicht bezahlt?

– Das überlegen wir uns, wenn es soweit ist.

– Und wenn irgendetwas Unvorhergesehenes passiert … zum Beispiel zufällig eine Streife vorbeikommt …

Libanese hatte die Nase voll von dem Verhör, das schlimmer war als das auf dem Präsidium. Er brachte Dandi mit einer gebieterischen Geste zum Schweigen. Die Entführung sei notwendig, sagte er aus reiner Verzweiflung. Er sagte, er habe es satt, von kleinen Jobs zu leben, er sagte, es sei ungerecht, dass Jungs wie sie unter der Knute Terribiles ihr Dasein fristen mussten, dass die Zeit verging und sie Gefahr liefen, als Versager alt zu werden.

Er sah, dass Scrocchia Feuer fing, dass Bufalo nickte, und dann spielte er seinen Trumpf aus. Er blickte ihnen der Reihe nach in die Augen und sprach ganz laut und deutlich:

– Wenn wir dreihundert Millionen auftreiben, können wir uns an einem Riesendeal beteiligen, den die Camorra aufzieht. Wir alle. Das wird unser Leben ändern. Stimmt mir zu. Vertraut mir.

– Das war also die Kröte, die du nicht ausspucken wolltest, knurrte Bufalo, brauchst nicht glauben, dass wir das nicht geahnt haben, Libano, wo du die ganze Zeit mit der Prinzessin herumläufst und dich in Geheimnisse hüllst …

– Ja, verteidigte sich Libano, ich hatte beschlossen, den richtigen Augenblick abzuwarten. Und das ist der richtige Augenblick. Aber ihr sollt wissen, dass ihr von Anfang an mit eingeplant wart. Ich habe nie daran gedacht, euch auszuschließen. Ich hätte euch gern das fertige Gericht serviert … ich wollte die dreihundert alleine auftreiben. Aber ich hab es nicht geschafft. Deshalb ist jetzt der Augenblick. Seid ihr dabei?

Es folgte ein kurzes Schweigen. Scrocchia zog den Rotz hoch und blickte zu Boden. Dandi seufzte. Bufalo nahm den Queue, stupste mit der gipsernen Spitze die schwarze Acht an und beförderte sie mit einem entschiedenen Stoß ins Loch.

– Bin dabei, Libano, sagte er schließlich.

– Ich auch, sagte Scrocchia leise.

– Gut, dann beißen wir halt in den sauren Apfel, stimmte schließlich auch Dandi zu.

XXIII.

Secco ließ ihn ein gutes Stündchen schmoren, bevor er ihn empfing.

Inmitten der Bittsteller, die im Privatbüro des Kredithais, dem Hinterzimmer eines Baumateriallagers, darauf warteten, zur Audienz vorgelassen zu werden, nutzte Libanese die Wartezeit, um die restliche Alkoholfahne abzubauen.

Sie hatten bei Giada zu Abend gegessen. Sandro war auch dabei gewesen. Sie hatten eine ganze Whiskyflasche geleert, pure Malt. Libanese hatte sie spendiert. Bei seinen Einkünften konnte er sich erlauben, großzügig zu sein. Sie waren übereingekommen, Koks und auch Joints vom Speiseplan zu streichen. Sandro war ein Ex-Junkie. Sein Vater, der Commendatore, hatte ihn ein Jahr ins Ausland geschickt, damit er clean wurde. Aber es ging ihm bloß schlechter. Es gab häufige Rückfälle. Sandro war ein zerbrechlicher und traumatisierter Junge. Aber was erwartest du dir auch von einem Schwulen?

Ein weinender Familienvater kam aus Seccos Büro. Eine aufgetakelte kleine Frau mit Netzstrümpfen trat an seine Stelle. Wenn sie hoffte, den Haifisch milde zu stimmen, indem sie ihm ein wenig Oberschenkelfleisch zeigte, lag sie falsch. Secco, so hieß es im Milieu, hätte nicht einmal mit Jesus Christus Mitleid gehabt.

Libanese war nervös. Noch vierundzwanzig Stunden bis zum großen Tag.

Der Abend davor war eine einzige Gefühlsduselei gewesen, an der sich er, Giada und Sandro beteiligt hatten.

Giada war glücklich. Sandro war ihr bester Freund. Nein, Sandro war mehr als ein Freund. Sandro war eine Art kleiner Bruder, der sich verirrt hatte und der mühsam versuchte wieder auf den rechten Weg zurückzufinden. Sie hatte so sehr gehofft, dass er auch Libaneses Freund werden würde, und das war nun eingetreten.

Libanese legte ihm gegenüber ein spöttisches Beschützerverhalten an den Tag. In den letzten zwei Monaten hatten sie viele Stunden miteinander verbracht. Sandro erzählte ihm von seinen aussichtslosen Liebesgeschichten, von seinem Wunsch nach einem regenerierenden Blutbad, nach einer Katastrophe, die die Welt zerstörte, sodass Typen wie er die Möglichkeit bekämen, sie nach ihrem Bild und ihrer Vorstellung wieder aufzubauen. Libanese hörte verständnisvoll zu, gab kernige Volksweisheiten von sich. Und dabei sammelte er Informationen.

Sandro hatte sich in Libanese verknallt. Dank seiner vertraulichen Mitteilungen wusste Libanese nun so gut wie alles über seinen Vater, den Commendatore. Arbeitszeiten, Wege, Gewohnheiten, Marotten, Neurosen, Kontostand. Sandro hasste seinen Vater. Ein Vampir, der sich darauf spezialisiert hatte, armen Leuten das Blut auszusaugen. Zu Schleuderpreisen kaufte er vermietete Immobilien, hielt den Mietern Dokumente unter die Nase und bewirkte die Räumung. Wenn die

Leute Widerstand leisteten, schickte er seine Trupps los, die die Drecksarbeit erledigten. Sobald die Immobilien geräumt waren, wurden sie renoviert und waren plötzlich doppelt so viel wert.

Infolge von zu vielen Speedballs, einer mörderischen Mischung aus Heroin, Koks und Amphetaminen, die seit einigen Jahren bei der Jeunesse dorée der Hauptstadt hoch im Kurs stand, hatte Sandro durchgedreht und versucht seinen Vater zu erstechen. Die Wahrheit war, dass sich der Commendatore nie damit abgefunden hatte, einen schwulen Sohn zu haben. Sandro sagte, wenn es jemandem gelänge, die Gesellschaft von der obszönen Vaterfigur zu befreien, hätte er eine Medaille verdient.

Als Libanese beschlossen hatte, den Commendatore zu entführen, war er sich wie ein Wohltäter vorgekommen.

Schließlich war er an der Reihe.

Secco. Zwei gierige Äuglein in wabbelndem Fleisch. Im Gegensatz zu anderen Kredithaien, die sich darauf beschränkten, Bargeld zu unmöglichen Zinsen zu verleihen, schreckte er auch nicht davor zurück, in riskante, jedoch ertragreiche Unternehmen zu investieren. Secco war die allerletzte Hoffnung des Kaufmanns am Rand des Bankrotts. Mithilfe eines effizienten Netzwerks von Mitarbeitern, von Bankdirektoren, die auf seiner Gehaltsliste standen, fischte er sich gefährdete Individuen heraus, ließ ihnen den Kredit sperren und wartete darauf, dass sie sich von ganz allein in die Höhle des Löwen stürzten. Dann spielte er sich als verständnisvoller Freund auf, der es verstand, die „vorübergehenden Probleme“ zu lösen. Mit scheinbarer

Großzügigkeit verborgte er Geld, ohne mit Brandlegung, Vergewaltigung und ähnlichen schrecklichen Strafen zu drohen. Wenn man jedoch den Termin nicht einhielt, nahm er sich alles, was man jemals besessen hatte.

Wahrscheinlich würde Secco bald der reichste Mann Roms werden.

Secco hörte Libanese zu, nickte, steckte die Hand in eine Schublade, packte ein Bündel von Hunderttausenderscheinen und steckte sie in eine Plastiktasche aus dem Supermarkt.

– Das sind zwanzig, in einem Monat bringst du mir dreißig zurück, und wir bleiben Freunde.

Dreißig für zwanzig. Libanese versuchte zu verhandeln, auf seine Art und Weise.

– Bist du dir sicher, richtig gerechnet zu haben, Secco?

– Eigentlich sollte ich vierzig verlangen. Aber da Nembo Kid dich vorgestellt hat, habe ich dir etwas nachgelassen. Dort ist die Tür, wenn dir das nicht passt.

– Und wenn ich das Geld in einem Monat nicht habe, was machst du dann, erschießt du mich?

– Nein, erwiderte Secco ruhig, aber einen Monat später schuldest du mir fünfzig, und noch einen Monat später achtzig. Danach nehme ich mir dein Auto, deine Wohnung und sogar den Wohnwagen.

Einmal hatte Giada ihm erklärt, die Akkumulation von Kapital sei der Schlüssel zu allem. Sie hatte recht. Secco konnte den Mund vollnehmen, weil er Kapital hatte. Er hatte akkumuliert. Secco war ein Parasit. Er hatte Geld, und die tapferen Jungs auf der Straße trugen das Risiko.

So konnte es nicht weitergehen. Es war nicht gerecht. Es musste sich was ändern. Deshalb musste Libanese der König von Rom werden.

– Ist gut. Wir sehen uns in einem Monat.

Libanese nahm die Tüte. Als er bereits die Tür schließen wollte, rief ihn Secco noch mal zurück.

– Libano, noch was …

– Ich glaube, wir haben uns alles gesagt …

– Es interessiert mich nicht, was du mit dem Geld tust, und ich will es auch nicht wissen. Wir beide haben uns nie gesehen.

Noch am selben Abend entführten Libanese, Scrocchia, Dandi und Bufalo den Commendatore. Der Hinterhalt funktionierte wie am Schnürchen, ein Meisterwerk an Organisation. Alle trugen eine Sturmhaube, und keiner sagte ein Wort, denn das Risiko, später erkannt zu werden, war zu hoch. Die gefesselte und betäubte Geisel brachten sie zu Marisa, dem Busenwunder. Euphorisch und vollgepumpt mit Adrenalin verschlangen sie eine nach allen Regeln der Kunst zubereitete Amatriciana, die gleichzeitig nach Hoffnung und nach Verderben schmeckte.

XXIV.

Am Tag danach meldeten sie sich, sie riefen von einer öffentlichen Telefonzelle aus an. Dandi war am Apparat, mit einem kleinen Ball im Mund, damit man seinen Akzent nicht hörte; die Partitur – Worte und Musik – stammte von Libanese. Sie forderten vier Milliarden, während sie insgeheim schon bereit waren, sich auf zweieinhalb runterhandeln zu lassen, auch auf zwei. Unter Androhung schrecklicher Repressalien forderten sie Schweigen und Geheimhaltung. Bei der Antwort der Gattin des Commendatore gefror Dandi das Blut in den Adern.

– Die Polizei war schon hier.

Dandi legte augenblicklich auf. Das Telefon wurde sicher abgehört. Libano meinte, er solle das Maul halten und sagte dann:

– Ich hätte nicht auf dich hören sollen. Wir hätten sofort anrufen sollen, noch gestern Abend!

– Ach, gestern warst du noch der Meinung, dass wir sie eine Nacht lang schmoren lassen sollten. Damit sie einen Schreck bekommen und nicht auf blöde Gedanken kommen.

– Ich war nicht damit einverstanden, ich hab bloß nachgegeben, weil du mir mit deiner Jammerei auf die

Nerven gegangen bist. Wo nimmst du nur deine guten Ideen her, Dandi? Aus 'nem amerikanischen Film?

– Gib's zu, Libano, dein perfekter Plan leckt vorne wie hinten. Wir wissen nicht mal, was wir jetzt tun sollen, an die vier Milliarden gar nicht zu denken!

– Verpiss dich, Dandi!

Es hatte jedoch keinen Sinn zu streiten. Sie mussten eine Geisel versorgen, Verhandlungen führen, und vor allem mussten sie sich den Rücken freihalten. Die Polente war bereits auf dem Posten. Die Nachricht hatte sich bereits verbreitet, Libanese sondierte das Terrain bei der Person, die direkt betroffen war.

Sandro war am Boden zerstört. Sandro weinte. Giada hielt ihm die Hand. Die Genossen kamen und gingen, konnten sich keinen Reim darauf machen. Sicher, dachte Libanese, während er ein solidarisches, brüderliches Lächeln aufsetzte, grau ist alle Theorie und grün des Lebens goldner Baum, nicht wahr, meine Kleinen? Das Lumpenproletariat, blablabla, die Revolution, blablabla, der gemeinsame Weg, blablabla … Aber welche Ironie des Schicksals: Früher hatten sie die Bullen geschmäht, jetzt beschworen sie sie als Retter des Vaterlandes herauf.

Sandro konnte sich überhaupt nicht mehr fassen. Er gab sich für alles die Schuld. Er hatte der Polizei einen Geiseltausch vorgeschlagen, nehmt mich an seiner Stelle, hatte er gebrüllt, und sie hatten ihn zuerst kreischen lassen, dann freundlich weggeschickt, und als er wieder von vorne anfing, hätten sie ihn beinahe geprügelt. Sandro im Keller, das wäre ja noch schöner gewesen! Auf jeden Fall hatte man beschlossen, dass immer seine Mutter die Telefonate entgegennehmen sollte.

Sandro war zu Hause nur im Weg, und man hatte ihn höflich überredet zu verschwinden.

Libanese, ein weiser und verständnisvoller Bruder, versprach, sich in seinem nicht genauer definierten „Milieu“ ein wenig umzuhören. Giada sah ihn mit glänzenden Augen an. Sandro küsste ihn auf die Wangen.

– Aber erzählt der Polizei nichts von mir, beschwor er sie, ich möchte nicht, dass sie auf merkwürdige Ideen kommen.

Giada schwor, und was sie anbelangte, hätte Libano seine Hand ins Feuer gelegt. Sandro öffnete wieder alle Schleusen. Unglaublich. Wie war das möglich? Gestern hatte er seinem Vater, diesem Arschloch, noch den Tod gewünscht, und jetzt …

Libanese bat sie um vierundzwanzig Stunden, um sich etwas umzuhören.

Inzwischen verwöhnte Marisa den Commendatore mit Spaghetti alla gricia und Schnitzel, Bufalo und Scrocchia wechselten sich bei der Bewachung ab, und Dandi machte seine Anrufe, immer aus verschiedenen öffentlichen Telefonzellen, wobei er die Stimme verstellte.

Als Libanese von seiner „Recherche“ zurückkam, teilte er Sandro und Giada mit, dass seinen Quellen zufolge die Entführer von außerhalb waren, vielleicht Sarden, vielleicht Kalabresen.

– Meine Mutter sagt, der Anrufer sei Römer, unterbrach Sandro.

– Wenn es Berufsverbrecher sind, können sie einen Akzent vortäuschen.

Sandro nickte. Der Junge vertraute ihm wirklich. Libanese brach kalter Schweiß aus. Er hatte im letzten Augenblick die Kurve gekratzt, aber Dandi war ein

Pfuscher. Er hatte sich bei der ersten Gelegenheit in die Karten schauen lassen. Von nun an gab es keine Anrufe mehr, nur Briefe.

Jetzt musste er mit Sandro sprechen. Aber der Junge machte ihm Sorgen. In seinem Zustand war er zu allem fähig. Selbst zu einer Wahnsinnstat. Vielleicht gab er sich den goldenen Schuss und landete auf dem Friedhof. Aber Libanese brauchte keine Toten, sondern Geld. Und um an Geld zu kommen, brauchte er Sandro. Als Giada einen Augenblick lang nicht herschaute, reichte er ihm einen Joint. Der Stoff wirkte, die Wogen glätteten sich, und endlich konnte man zum Wesentlichen kommen.

– Los, komm, drehen wir eine Runde, wird dir guttun.

Giada bestand darauf, sie zu begleiten.

Libanese fuhr mit ihnen nach Ostia. Sandro begann im Sand zu spielen.

– Schau aufs Meer hinaus, das vertreibt die schlechten Gedanken.

Sandro nahm seinen Kopf zwischen die Hände.

– Und wenn sie ihn umbringen?

– Warum sollten sie?

– Weil es Bestien sind, schrie Giada.

Libanese lächelte.

– Meiner Meinung nach sind es Profis. Das ist das Gesetz der Straße, flüsterte er und blickte dabei Giada an. Die sind nur an Geld interessiert. Du wirst sehen, sie behandeln ihn gut, und er wird nach Hause kommen. Ich glaube sogar …

– Was?

– Wie viel verlangen sie?

– Vier.

– Donnerwetter. Hat denn dein Vater so viel Geld?

– Ich weiß nicht, ich glaub schon …

– Und was sagt deine Mutter?

– Sie tut so, als wüsste sie es, hat aber von nichts eine Ahnung.

– Tja, vielleicht geben sie sich auch mit zweieinhalb zufrieden, mit zwei … Aber wozu die Heulerei, Sandro? Du solltest die Situation in die Hand nehmen.

– Das … das schaffe ich nicht, Libano! Ich …

Libanese umarmte ihn. Sein Tonfall wurde gleichzeitig entschlossen und einschmeichelnd.

– Ich erzähle dir eine Geschichte, Sandro. Als ich ungefähr zehn, elf Jahre alt war, haben sie mich in ein Ferienheim geschickt, genau hierher nach Ostia.

– Ins Heim?

Libanese schnaubte. Wirklich zwei verschiedene Welten, ja! Aber pfeif drauf. Die Aufführung war noch nicht zu Ende.

– Arme Kinder, die sich keinen Urlaub leisten konnten, wurden ins Ferienheim geschickt.

– Tut mir leid, Libano.

– Man gewöhnte sich daran, es war nicht mal so schlecht. Mit einem Wort, wir waren ungefähr hundert Jungs. Einer war etwas älter, ich glaube, er hieß Enrico, ein Vorlauter, Kräftiger, der gern zuschlug. Er hatte mich aufs Korn genommen. Immer wenn wir uns begegneten, machte er sich über mich lustig. Und wenn ich antwortete, verprügelte er mich.

– Ach, das ist ja schrecklich!

– Warte, warte. Ich hatte beschlossen, die Prügel einzustecken, immer, immer wieder, sodass der andere gar nicht wusste, wie er dran war. „Was soll das, ich verprügle dich und du fällst hin, du stehst wieder auf, immer mit einem Lächeln auf den Lippen, und ich prügle dich wieder, und du fällst wieder hin und stehst wieder auf, und ich prügle dich wieder und du fällst wieder hin und so in alle Ewigkeit“ … Schließlich breitet er die Arme aus, kommt mir entgegen, hilft mir beim Aufstehen, streckt mir die Hand hin und sagt mit einem netten Lächeln: „Freunde?“

– Und du?

– Und ich: „Freunde,“ sage ich, und in dem Augenblick, in dem er ganz entspannt ist, gebe ich ihm einen Kopfstoß genau hierher, genau auf das Nasenbein … Wenn man jemandem einen Kopfstoß gibt und ihn gut platziert, bricht die Nase, Sandro, und das tut sauweh …

– Und dann?

– Und nach der Nase die Eier, und nach den Eiern Fußtritte, und nach den Fußtritten setzt du dich rittlings auf ihn drauf und verprügelst ihn, bis schließlich jemand von hinten kommt, dich wegzerrt und in den Karzer sperrt. Aber der, der dir so große Angst gemacht hat, liegt jetzt auf dem Boden, das Gesicht voller Tränen und Rotz, und du hast dir die wichtigste Sache in deinem Leben verdient.

– Und das wäre?

– Respekt, Sandro, Respekt.

Sie begleiteten Sandro. Giada ging mit ihm hinauf. Libanese blieb lieber im Auto sitzen. Übertreiben musste man nun auch nicht. Giada kam allein zurück. Sandro hatte sich durchgesetzt. Von nun an würde er die Verhandlungen führen. Er hatte den Prokuristen, der sich um die Buchhaltung seines Vaters kümmerte, aufgefordert, die Bücher zu bringen. Giada strahlte, als habe sie ein Sonnenstrahl, der von den Göttern selbst geschickt worden war, mitten auf die Stirn geküsst.

Und auch Libanese fühlte sich in diesem Augenblick wie ein Gott.

XXV.

Mithilfe von Buchstaben, die er aus Zeitungen ausschnitt, bastelte Dandi eine Woche lang Briefe. Die ursprüngliche Forderung hatte sich auf zwei Milliarden reduziert. Die Geisel hatte aufgehört zu jammern. Scrocchia und Bufalo spielten und setzten ein imaginäres Vermögen auf die höchste Karte. Scrocchia gewann immer. Auch er war ein Champion, wenn es um fiktive Einsätze ging. Libanese spielte sorgfältig seine verschiedenen Rollen. Er war Giadas Liebhaber, Sandros brüderlicher Ratgeber, der Organisator der Entführung, der Boss von Giamesbonde und Marocco, die ihm jeden Abend ein wenig Kleingeld brachten.

Aber die Verhandlungen wurden zu lasch geführt. Sandro hatte ihm gesagt, irgendetwas an den Konten seines Vaters sei merkwürdig. Libanese versuchte auf hinterhältige Weise, ihm Dampf zu machen.

Eines Morgens tauchte Nembo Kid in *Francos Bar* auf.

– Pasquale 'o Miracolo hat sich nach dir erkundigt.

– Sag ihm, dass es mir gut geht.

– Vielleicht würde es ihn freuen, wenn du es ihm persönlich sagst.

– Ich gehe demnächst mal hin.

Nembo Kid zündete sich eine Zigarette an.

– Was weißt du über die Entführung?

– Welche Entführung?

– Die, über die alle Zeitungen berichten.

– Ach, der Commendatore ... nein, nichts. Geht die nicht auf das Konto der Sarden?

Meinst du?

Der wissende Blick, den Nembo Kid ihm zuwarf, als sie sich die Hand drückten, hatte ihm überhaupt nicht gefallen.

Eine Woche später sagte Sandro, die Konten seines Vaters seien eine einzige Katastrophe. Eine Reihe von Fehlspekulationen hatte ihn ruiniert. Auf seinem Besitz lasteten Hypotheken, die Zahlungen waren eingefroren. Und noch dazu hatte ein neuer Staatsanwalt, der die Untersuchung übernommen hatte, die Güter konfisziert.

– Eine schlimme Geschichte.

– Was soll ich tun, Libano? Gib mir einen Rat!

– Wie viel Bargeld kannst du zusammenkratzen?

– Hundertfünfzig ... vielleicht zweihundert Millionen.

Libanese spürte, wie sein wunderbares Hoffnungsgebäude in sich zusammenstürzte.

– Hast du ihnen das schon gesagt?

– Den Entführern? Noch nicht. Ich fürchte, sie könnten etwas Schreckliches tun.

– Spiel mit offenen Karten, Sandro, glaub mir, das ist am Besten. Sag ihnen, wie die Dinge stehen ... und lass uns hoffen.

XXVI.

Zweihundert Millionen?

– Für die ganze Mühe?

– Libano, hör auf, uns zu verarschen!

Dandi, Bufalo und Scrocchiazeppi konnten es gar nicht fassen. Libanese war am Boden zerstört. Er fühlte sich gedemütigt. Er hatte sie verraten. Auch er war verraten worden. Aber auf wen sollte er wütend sein, wenn nicht auf sich selbst? Er hätte den Coup besser planen sollen. Er hatte sich wie ein verdammter Dilettant benommen. Er steckte Dandis Gelächter ein: Wie hast du meine Geschichte damals bezeichnet? Als Schnellschuss … Tja, du hingegen …

Libanese duldete, dass sie ihrer Wut freien Lauf ließen. Sie hatten jedes Recht dazu.

Bufalo bezweifelte Sandros Informationen.

– Die Reichen lügen immer, Libano. Meiner Meinung nach können die locker eine Milliarde zusammenkratzen.

Scrocchiazeppi stimmte zu. Aber vielleicht, sagte er, sollten sie ein Druckmittel einsetzen, ihnen Angst machen.

Bufalo schlug vor, dem Commendatore ein Ohr abzuschneiden und es in den Briefkasten zu legen.

Dandi wollte seinen Ohren nicht trauen. Die Idee eines Neuanfangs war ja nicht schlecht, aber jemandem ein Ohr abzuschneiden, bedeutete, ihm eine Verletzung zuzufügen. Und Verletzungen mussten behandelt werden. Dazu brauchte man Medizin, Krankenschwestern, noch mehr Geld.

– Eine Krankenschwester haben wir, sagte Bufalo stur, Marisa.

Dandi lachte herzlich.

– Heißen Huren jetzt Krankenschwestern, Bufalo?

Bufalo zog eine Schnute.

– Nimm's nicht so tragisch, Dandi, wer sagt, dass er krank wird? Die Sarden schneiden ihren Entführungsopfern immer ein Ohr ab.

– Ja, und die aus der Ciociara werfen sie den Schweinen zum Fraß vor, erwiderte Dandi in aller Ruhe, und schau, was aus ihnen geworden ist: alle im Knast, alle lebenslänglich … nicht einmal für zweihundert Millionen möchte ich lebenslänglich bekommen, Bufalo.

Scrocchiazeppi schlug sich auf Dandis Seite. Bufalo argumentierte noch immer. Alle wollten mehr, aber keiner wusste, wie sie es anstellen sollten. Irgendwann, als sich die Stimmung aufgeheizt hatte und sie sich schon beinahe prügelten, sagte Libanese, dass es reichte.

Er sprach wenig und er sprach Klartext. Es gab nur eine einzige Möglichkeit: sie mussten die zweihundert Millionen akzeptieren. Die Übergabe organisieren und das bisschen Geld einstecken, und zwar sofort. Die Entführung dauerte schon zu lange. Marisa, das Busenwunder, war nicht gerade ein Ausbund an Vertrauenswürdigkeit. Die Bullen waren schon auf dem Posten. Nembo Kid ahnte was. Mit jedem Tag zog sich die Schlinge enger zu, wurde die Gefahr größer. So lagen die Dinge. Mehr war nicht drin. Die Alternative bestand darin, mit leeren Händen dazustehen und zwanzig Jahre Knast zu kassieren. Allmählich gaben alle ihre Einwände auf und beugten sich der zwingenden Logik. Dandi bastelte seinen letzten Brief. Libanese dachte sich einen Hindernislauf aus, damit die Lösegeldübergabe nicht zur Falle wurde.

Zwei Tage später, bei Einbruch der Dunkelheit, deponierte Sandro zwei Sporttaschen am vereinbarten Ort, mitten auf einer kahlen Wiese an der Casilina. Entsprechend den Anweisungen, die er erhalten hatte, blinkte der Junge dreimal mit den Scheinwerfern und fuhr nach Hause, um auf eine gute Nachricht zu warten. Libanese kam aus der Dunkelheit gelaufen, verscheuchte ein allzu neugieriges schwules Pärchen, nahm die Taschen, überprüfte, ob alles in Ordnung war.

Ungefähr um Mitternacht hielt ein verwirrter Herr mittleren Alters im Trainingsanzug in der Gegend von Torraccio di Torrenova eine Streife auf.

Der Commendatore wurde seiner Familie übergeben, mehr oder weniger in gutem Zustand, allenfalls hatte er aufgrund von Marisas Kochkünsten etwas zugenommen.

Libanese gab Secco vierzig Mille zurück und bezahlte die Marketenderin.

In dem Augenblick, in dem er seinen Gefährten ihren Anteil auszahlen musste, schnitt Libanese wieder das Thema der gemeinsamen Kasse an. Dandi, Bufalo und Scrocchiazeppi drucksten herum.

– Der Camorraboss will dreihundert, Libano. Wir haben gerade mal die Hälfte.

– Ich muss den Kalabresen von Tor Marancia was zurückzahlen …

– Die Wohnung meiner Mutter ist desolat. Ich hab ihr versprochen, einiges reparieren zu lassen …

Libanese verstand. Es waren seine Leute, seine Brüder, aber auch Straßenjungs. Ihr Gesetz hieß: alles und gleich. Libanese verstand sie, konnte sich jedoch nicht damit abfinden. Er blickte weiter in die Zukunft.

– Gebt mir eine Woche.

– Wozu.

– Gebt ihr mir eine Woche, ja oder nein?

Ihm zuliebe. Ihm zuliebe gaben sie letzten Endes nach.

Libanese klaute ein Motorrad, dann noch eines. Er machte sich auf die Suche nach einer Bank, einer, die sich eignete. Er wollte einen Raubüberfall begehen.

Libanese mochte keine Raubüberfälle. Ein Raubüberfall sieht einfach aus, denn er kann dich innerhalb von fünf Minuten reich machen, aber er ist auch ein heimtückisches Spiel, denn jeder Raubüberfall ist eine Geschichte für sich, eine unvorhersehbare Geschichte. Es laufen zu viele Dilettanten herum und zu viele Möchtegernhelden. Man riskierte, für einen Haufen Altpapier zehn Jahre in den Knast zu gehen. Das Spiel war selten das Risiko wert. Deshalb hatte Libano sich darauf verlegt, Waffen zu „verwahren“. Der Coup mit Marisa, dem Busenwunder, konnte nicht wirklich als Entführung bezeichnet werden. Er ähnelte mehr der Drohung einer Inkassofirma. Ein Raubüberfall ist, wenn man in eine Bank geht und einen Schuss im Lauf hat, man kann nämlich nie wissen.

Aber er musste einen Raubüberfall machen.

Er begann sich auf dem Land umzusehen, er entfernte sich immer mehr vom schmutzigen Rom, wo die Bullen ständig auf dem Posten waren und dir ganz plötzlich ein Trupp Falken auf den Fersen sein konnte.

Er fand ein kleines Dorf oberhalb von Viterbo. Einen Ort, wo alle, vom Esel bis zum letzten Carabiniere, im Tiefschlaf zu liegen schienen.

Libanese sah sich um, prüfte, wog ab. Und schließlich, bevor die Frist verstrichen war, schlugen er und seine Gefährten zu.

– Ganz ruhig, ganz brav, rückt die Kohle raus und es passiert euch nichts.

Das klang nicht ganz nach „Hände hoch, das ist ein Überfall" wie im Kino, war aber doch ziemlich nahe dran.

Sie waren zu dritt, Libano, Scrocchia und Dandi. Bufalo saß am Steuer eines Taxis, das sogar ein Schild hatte: Sie hatten es auf der Cassia geklaut, gleich hinter dem Corso Francia. Die Idee stammte von Dandi, er hatte nun mal Klasse.

– Also? Bewegt euch schön langsam!

Da waren ein kleiner Angestellter mit Frettchenblick, eine fette Dame, die gut daran tat, in Ohnmacht zu fallen, und ein Securitytyp, der sich den Waffengurt abschnallte, ohne dass sie ihn dazu aufgefordert hatten.

Scrocchia schwenkte die Segeltuchtasche, Dandi ging mit dem Revolver auf und ab. Und Libanese …

Als das Frettchen seine Geldbörse herauszog, begriff Libanese, dass etwas schieflief.

– Nicht die, du Idiot! Was soll ich damit? Das Geld der Bank!

– Es gibt keines, hauchte der kleine Mann.

– Was heißt, es gibt keines?

– Vor einer Stunde war der Transporter da und hat die Einnahmen der ganzen Woche mitgenommen. Es ist Freitagvormittag, das ist bei uns so üblich.

Dandi und Scrocchiazeppi sahen ihn an. Sie waren kurz davor, in Lachen auszubrechen.

Libanese sah rot. Er hätte sich damit abgefunden, eine Kugel abzubekommen, den Rest seiner Tage unterzutauchen, sogar dem Teufel gegenüberzustehen, aber er wollte nicht der Held einer Komödie sein.

Er sprang über die Theke, packte den Mann am Kragen und setzte ihm die Pistole an die Stirn.

– Das ist ein Witz, oder? Sag mir, dass das ein Witz ist.

– Es stimmt. Wir haben kein Geld!

Der Typ öffnete eine Schublade, dann noch eine und schließlich noch eine. Die spärlichen Scheine, die ganz hinten lagen, schienen Libanese spöttisch anzugrinsen. Wie viele waren es wohl? Zwanzigtausend Lire insgesamt? War das genug, um das Benzin für die Rückfahrt nach Rom zu zahlen?

Die fette Frau kam wieder zu sich, erfasste die Situation und wurde wieder ohnmächtig.

Der Securitytyp stand ganz ruhig an der Wand, von Scrocchia bewacht.

Libanese spürte, wie ihn Wut überkam. Irgendjemand musste dafür büßen, dass sein Traum sich in Luft auflöste, für sein Scheitern, dafür, dass er sich vor seinen Kameraden blamiert hatte, dafür, dass kein Geld da war, dass das Leben ein sinnloses Karussell war, dafür, dass die Götter Götter blieben und arme Teufel arme Teufel.

Irgendjemand musste für das alles büßen.

Es musste einen Toten geben. Das würde seine Wut vielleicht besänftigen.

Libanese schaute dem Frettchen geradewegs in die Augen. Er entsicherte langsam den Revolver.

– Was zum Teufel machst du? Gehen wir! Wir sind schon viel zu lange hier.

– Gehen wir, mach keinen Blödsinn!

Die Gefährten ahnten, was er vorhatte. Die Gefährten waren alarmiert. Libanese war an einem Punkt angelangt, von wo es kein Zurück mehr gab. Der kleine Mann zog den Rotz hoch, begann hemmungslos zu schluchzen.

Libanese schlug ihn mit dem Kolben. Er fing an zu bluten. Er schlug nochmals zu. Der Mann nahm den Kopf zwischen die Hände.

– Es reicht, um Himmels willen, flüsterte er.

– Es reicht, schrie Dandi.

– Es reicht, flehte Scrocchia.

Libanese schloss die Augen. Allmählich kam er wieder zu sich. Ja, es reichte. Was war über ihn gekommen? Wollte er etwas beweisen? Und was eigentlich? Dass er zu allem fähig war? Aber das wusste er ja bereits. Die Wahrheit war, dass er den Kopf verloren hatte. Es wäre völlig sinnlos gewesen, den armen Teufel zu erschießen, so etwas machten nur Durchgeknallte. Nicht Libanese.

– Ja, gehen wir, gehen wir.

Später, als sie Bufalo davon erzählten, begann er fürchterlich zu lachen.

– Da schau her, Libano. Und ich hab den Chauffeur spielen müssen, weil ich angeblich der Schizo bin!

Dandi und Scrocchiazeppi brachten ihn augenblicklich zum Schweigen. Die Erinnerung an die Szene war noch allzu lebendig. Es war ungewohnt, dass Libanese die Fassung verlor. Und es machte Angst.

Aber Libanese hatte wieder Boden unter den Füßen, und deshalb ließ er sie reden und stimmte sogar in ihr Lachen ein.

Nachdem sie in Rom das Taxi abgestellt hatten, ging jeder seiner Wege.

Libanese hatte sie zu überzeugen versucht in die Zukunft zu investieren. Er hatte es versucht und war gescheitert. Die verdammte Akkumulation war schiefgegangen. Die Jungs mochten ihn gern, aber sie hätten ihn noch lieber gehabt, wenn die berühmten Milliarden des Commendatore sich nicht in Luft aufgelöst hätten, wenn die Entführung ein gutes Ende genommen hätte, wenn …

Sie hatten hart gearbeitet. Jedem das Seine. Sie hatten es sich verdient. Was die Träume anbelangte: Wegen Bauarbeiten geschlossen, kommen Sie morgen wieder.

– Nun gut, fürs Erste gehen wir alle nach Hause. Auf bald.

Trotz allem waren sie in den schwarzen Zahlen.

Libanese hatte eine Lektion erhalten.

Anders als gedacht, kam die Gefahr nicht nur von außen, von den Bullen, der Straße, dem Elend. Nein. Die Gefahr, die echte, kam aus seinem Inneren.

Aus seiner kaputten Seele.

Alles in allem war es eine gesunde Lektion gewesen. Und, warum nicht, auch eine vergnügliche.

XXVII.

Ein paar linke Terroristen hatten eine Bank in Gaeta überfallen. Auf der Flucht hatten sie einen unschuldigen Passanten überfahren und getötet. Eine Menschenjagd in großem Stil hatte begonnen. Die Via Pontina und die Zufahrtsstraßen waren komplett abgeriegelt. Libanese ließ ein paar Tage verstreichen, dann nahm er einen Zug nach Formia. Die Sache mit dem Geld ließ ihm keine Ruhe. Wie würde es Pasquale ’o Miracolo aufnehmen? Bis jetzt hatte er ihm gegenüber eine gewisse Sympathie an den Tag gelegt, aber Geschäfte machte man nicht mit Sympathie. Er schuldete ihm einen Besuch. Nein, keinen Besuch, einen Akt der Unterwerfung!

Das lag ihm schwer im Magen.

Aber Pasquale ’o Miracolo war nicht in seinem schönen Haus in Formia. Die Villa war verschlossen und verriegelt, und Libanese wusste nicht, bei wem er sich erkundigen sollte. Und es wäre auch unvorsichtig gewesen, zu viele Fragen zu stellen. Er lief durchs Dorf und versuchte dabei so wenig wie möglich aufzufallen.

Als er schon die Hoffnung aufgegeben und sich darauf eingestellt hatte, mit dem letzten Nachtzug nach Rom zurückzukehren, dem tristen Ochsenkarren der Pendler, einem Symbol des Scheiterns, entdeckte er plötzlich vor einem hell erleuchteten Restaurant an der Uferpromenade die Silhouette des auffälligen Maserati Bora.

Libanese spähte durchs Fenster. Pasquale aß allein zu Abend. Vor ihm ein Kübel mit Eis und ein riesiger runder Teller voller Austern. Er gab sich einen Ruck und ging hinein. Dann beißen wir eben in den sauren Apfel, Libano!

Der Camorraboss empfing ihn mit einem herzlichen Lächeln und forderte ihn auf, sich zu ihm zu setzen.

– Ich habe schlechte Nachrichten, Pasqua'.

– Ich weiß, ich weiß, ich weiß alles, es hat sich herumgesprochen … wie viel hast du dabei?

– Fünfunddreißig.

– Mit fünfunddreißig kannst du nicht in das Geschäft mit dem Schiff einsteigen: Das ist zu wenig. Aber wir können was anderes machen: Ich geb dir ein bisschen anständigen Stoff, du verkaufst ihn, und wir machen fifty-fifty…

– Das wär ein Anfang.

– Sag ich's doch.

Libanese entspannte sich. Er hatte das Richtige getan. Das Gesicht war gewahrt worden, Pasquale hatte die Geste geschätzt, er war noch immer ein Untergebener, aber immerhin begann der Motor wieder zu laufen. Jetzt konnte er es gar nicht mehr erwarten, den Stoff in Empfang zu nehmen, von dem der Boss gesprochen hatte, und nach Hause zu fahren.

Aber Pasquale hatte überhaupt keine Lust, ihn gehen zu lassen. Er war viel zu glücklich, jemanden vor sich zu haben, der ihn in aller Öffentlichkeit bewunderte. Er bestellte noch ein Dutzend Austern, füllte Libaneses

Glas mit Fiano di Avellino und prahlte mit seinen jüngsten Taten. Er hatte zwei Soldaten der Familie Vattelapesca kaltgemacht, einen hatte er mit eigenen Händen erwürgt und dann wie Aas verbrannt. „Trink das Glas aus.“ Der Krieg gegen die Familien war so gut wie gewonnen. 'O Professore war nun der Boss von Neapel und von halb Kampanien. Noch ein Glas und eine Auster. Den Ring, den er am Finger trug, hatte ihm ein Juwelier geschenkt. Diamanten, mein Sohn, ganz reine Diamanten. „Don Pasqua', wollt ihr nicht Donn'Aurelia ein kleines Geschenk machen.“ Natürlich wollt ich bezahlen, ich weiß ja, was sich gehört, doch der Juwelier wusste, wen er vor sich hatte, und deshalb bekommt er das nächste Mal einen Nachlass auf das Schutzgeld.

Libanese hörte sich das süßliche Gesäusel an und täuschte die fällige Bewunderung vor. Dann bezahlte Pasquale die Rechnung – „Hier bin ich noch nicht zu Hause, mein Sohn, hier muss ich die Regeln der Höflichkeit einhalten“ –, legte ein übertrieben hohes Trinkgeld auf den Tisch, und dann verließen sie zu zweit das Lokal.

– Soll ich dich zum Auto begleiten Libane'?

– Ich bin mit dem Zug gekommen.

– Wegen der Absperrung, nicht wahr? Das hast du gut gemacht. Die Kommunisten, diese Nervensägen! Aber nach Neapel kommen sie nicht, da kannst du sicher sein. In Neapel befehlen wir. Aber jetzt hast du den Zug verpasst … das heißt, heute Nacht bist du mein Gast.

Das fehlte gerade noch! Aber er musste gute Miene zum bösen Spiel machen.

Libanese stieg seufzend in den Maserati und fand sich damit ab, dass ihm der andere auf die Eier ging.

Vor dem Haus standen Ciccillo und Maurizio.

– Was gibt es für Neuigkeiten?

– Ciro hat den Verräter gefunden.

– Wirklich?

– Wirklich.

– Und wo ist er?

– Am üblichen Ort.

Pasquale versetzte Libanese einen scherzhaften Knuff.

– Mein Sohn, das nenn ich Schicksal. Komm, der gehört dir.

Die Landschaft rundherum war pechschwarz. Die Camorristi lachten, freuten sich auf den Mord. Libanese stand stumm und mürrisch da. Er dachte ans Schicksal, dachte, dass es danach nie mehr so sein würde wie davor. Er dachte an Scarnicchia. An jenen Teil der Geschichte, den er Giada wohlweislich nicht erzählt hatte.

Kurz vor seinem Tod war Scarnicchia mit ihm auf den Friedhof Campo Verano gegangen. Er hatte eine Rose auf den Grabstein des Mannes gelegt, den er vor Jahren wegen einer Weibergeschichte umgelegt hatte.

„Junge, eines hab ich verstanden. Ich hab verstanden, dass dir das Leben auf der Straße gefällt. Auch mir hat es gefallen, als ich in deinem Alter war. Und was ist aus mir geworden? Du bist noch jung, hast noch Zeit … Aber eines Tages wirst du draufkommen, dass die Zeit vergeht, und dann sind die Entscheidungen, die du getroffen hast, nicht mehr rückgängig zu machen. Schau zu, dass du die richtigen Entscheidungen triffst … und glaub mir, ich bin den falschen Weg gegangen."

Ja, Scarnicchia hatte recht, und Pasquale lag falsch. Es gab kein Schicksal, es gab nur Entscheidungen. Und Libanese hatte ein wenig Angst vor der Entscheidung, die er gleich treffen musste, und gleichzeitig sehnte er sie herbei.

Sie kamen zu den Ruinen außerhalb von Sessa Aurunca. Pasquale und die Jungs stiegen aus dem Auto aus. Der Camorraboss blickte sich um.

– Ciro! Ciro, wir sind da! Ciro?

Ein Schatten tauchte aus den Ruinen auf.

– Onkel!

– Ciru'! Und?

Ciro trat auf seinen Onkel zu. Er lächelte freundlich, und in der Hand trug er eine Pistole. Er hob sie ein wenig und schoss. Pasquale hatte plötzlich ein Loch mitten auf der Stirn. Ciccillo und Maurizio waren völlig verdutzt. Ciro erschoss zuerst den einen, dann den anderen. Dann richtete er die Waffe auf Libanese.

Aber Libanese war schon losgeschnellt. Mit einem tierischen Schrei stürzte er sich auf Ciro, versetzte ihm einen Kopfstoß mitten auf die Brust. Ciro verlor das Gleichgewicht. Libanese stürzte sich auf ihn. Er schlug zu, bis der andere keinen Widerstand mehr leistete. Er nahm ihm die Waffe ab und warf sie ins Gebüsch. Er blickte sich um. Ciro röchelte. Die drei Camorristi lagen mit aufgerissenen Augen auf dem Boden. Er suchte Pasquales Leiche ab und nahm sich die Schlüssel des Maserati. Ciro kam gerade wieder hoch. Er versetzte ihm noch ein paar Schläge und ging, ohne sich umzudrehen.

Es war schon fast Morgen, als er den Maserati in der Gegend des Sant'Eugenio-Krankenhauses abstellte.

Erst jetzt stellte er fest, dass auf dem Rücksitz noch immer sein Rucksack mit dem Geld stand.

Da begann er zu lachen, wie ein Verrückter zu lachen.

Du bist noch immer dabei, Libanese. Du bist noch immer dabei, und einen Toten gibt es ein anderes Mal.

Das *Re di Picche* hatte wahrscheinlich noch offen. Mit etwas Glück setzte er sich an den richtigen Tisch. Er würde das Kapital vervielfachen. Das Leben begann aufs Neue.

Im Leben heißt es: Alles oder nichts, Libano.

XXVIII.

Von Giadas Terrasse aus schaute Libanese auf die funkelnden Lichter Roms. Die Stadt, die er erobern wollte, bot sich seinem verdutzten Blick dar. Rom wollte sich nicht ergeben. Rom wies ihn zurück. Libanese war in eine Art Lethargie gefallen. Im *Re di Picche* hatte er alles in zwei Runden verloren. Poker hatte ihn wieder einmal betrogen. Also dann, fangen wir wieder von vorne an! Verwahren von Waffen … Drogen für den Künstler … Er war wieder ein ganz gewöhnlicher Kleinkrimineller. Vielleicht war er auch nie etwas anderes gewesen. Vielleicht war das wirklich der Augenblick, alles hinzuwerfen.

Er musste sich jedoch entscheiden. Entweder war man drinnen oder draußen.

Einen halben Meter unter ihm, auf den schrägen Dachziegeln, überwachte eine Möwe die ersten, unsicheren Schritte ihres Kükens. Dann tauchte auch das Männchen auf, wie ein weißes Gespenst vor dem Horizont, bedrohlich kreischend. Instinktiv machte Libano einen Schritt zurück. Ich rühr dein Weibchen nicht an, Herr Möwe! Aber was für einen Platz sie sich doch ausgesucht hatte, um zu brüten! Vor vielen Jahren, als er noch ein kleiner Junge war, hatten sie sich einen Spaß daraus gemacht, mit dem vierkalibrigen Karabiner auf Möwen zu schießen. Immer, wenn sie eine abschossen, freuten sie sich wie wild, gerade so als hätten sie ein volles Baustofflager ausgeräumt oder einen Verräter abgeknallt. Kindereien.

– Ist sie nicht süß?

Giada hatte sich ein weißes Badetuch um die Hüfte gewickelt. Er streichelte ihre kleinen Brüste, sie hatten beide in einer Hand Platz.

– Ein Wunder der Natur, begann sie wieder zu säuseln, so viel Liebe, so viel Hingabe, und sobald das Kleine fliegen kann, ist es weg … Es wird seinen Vater und seine Mutter nie wiedersehen. Mir ist kalt. Ich gehe hinein.

– Ich komme gleich nach, in zwei Minuten, ich bin nicht müde.

– Bist du nervös?

– Nein, ist gleich vorbei.

– Ach, die Möwen, Libano, sogar die Möwen …

Giada hatte sich verändert. Nach der Entführung des Commendatore hatte sie mit den Joints und der Bewegung aufgehört. Sie hatte wieder zu studieren begonnen. Sie sprach von der Zukunft. Hin und wieder überkam sie wegen einer Kleinigkeit Rührung, wie eben wegen der Möwen. Worte wie Familie und Kinder hatten die Revolution ersetzt. Sie hatte ihm einen Job angeboten.

Einen Job? Mir? Libanese?

Er stellte sich vor, wie sein Leben in ein paar Jahren aussehen würde. Wie es aussehen würde, wenn er mit Giada lebte. Er sah sich auf dem Sofa liegend, schlecht rasiert, faul, mit drei kleinen Kindern, die ihm zwischen den Beinen herumwuselten, und Giada … Giada war fett geworden, mit Pantoffeln und Brille … und am Sonntagnachmittag die Schlagersendung von Corrado und Dora Moroni im Fernsehen, mit einem Ohr am Radio, um die Fußballsendung *Tutto il calcio* zu hören und sich darüber zu ärgern, was Magica Roma wieder angestellt hatte …

So ein Leben und die Träume und die Straße waren verloren.

So ein Leben und der Rest war Langeweile.

Er ging in die Wohnung zurück. Giada schlief. Eine störrische Locke bewegte sich im Rhythmus ihres regelmäßigen Atems auf und ab.

Das ist der Augenblick, um sich zu entscheiden, Libano.

So ein Leben …

Plötzlich fühlte er sich wie ein Gefangener.

Giada hatte ein tödliches Netz um ihn gesponnen.

Ein Netz aus Leidenschaft. Aus Verdammnis.

Er musste sofort abhauen. Lieber auf der Straße sterben als auf dem Sofa.

Bei der erstbesten Gelegenheit schlug er zu. Er und Dandi hatten alles mit größter Ruhe vorbereitet. Giada war eine Woche lang nicht in Rom. Sie begleitete ihren Vater auf einer Geschäftsreise. Nach jahrelangem Hass hatten sie Frieden geschlossen.

„Ich möchte ihn dir vorstellen, Libano. Er könnte dir helfen."

„Irgendwann einmal, danke."

„Hast du vielleicht vor, mich zu verlassen?"

„Komm her, Dummerchen, gib mir einen Kuss."

Die Götter stiegen vom Olymp herunter und boten ihm eine Eintrittskarte an. Allerdings durch den Dienstboteneingang. Nicht mit mir.

– Ich bin fertig, Libano.

Dandi zeigte ihm, was er erbeutet hatte: ein kleines Köfferchen voller Ringe, Perlen und Armbänder. Libano wog das Jadearmband in der Hand und schüttelte den Kopf.

– Das behalte ich.

– Du Glücklicher.

– Gehen wir. Wir sind hier fertig.

– Ach, und du bist sicher, dass uns deine kleine Freundin nicht anzeigt?

– Bestimmt nicht, Dandi.

– Nein, das tu ich bestimmt nicht, Dandi …

Giada schloss die Tür hinter sich und ging auf die beiden Freunde zu. Dandi erstarrte.

– Libano, wo kommt denn die auf einmal her? Du hattest doch gesagt, dass …

– Ruhig. Bring die Sachen zur ausgemachten Stelle. Wir sehen uns dann.

– Libano, meiner Meinung nach …

– Dandi, lass uns bitte allein.

Dandi zog Leine.

Libanese konnte sich nicht sattsehen an dem wunderschönen Mund, den er tausende Male geküsst hatte. Der bittere Zug schmerzte ihn zutiefst.

– Ich hatte dich gern.

– Auch ich hatte dich gern, natürlich, Giada.

– Ich habe dir vertraut.

– Meine Mutter hatte recht. Was hat die Alte zu dir gesagt? Hände weg von ihm.

– Wir hätten so viel miteinander machen können.

– Ja, natürlich! Die Straße hat nicht einmal „buh" gesagt, und schon bist du in Papas Arme geflüchtet. Komm, vergessen wir's.

– Warum tust du mir das an? Brauchst du Stoff? Du hättest mich fragen können, du hättest dir alles nehmen können … warum?

– Es hat keinen Sinn. Es gibt nichts zu erklären. Ich habe dir die Platte mit *Lella* dagelassen. Ach ja, … und das.

Libanese kramte in seiner Tasche und gab ihr das Jadearmband.

Sie drehte sich um und sperrte sich im Bad ein.

Er schätzte ihren Stil. Eine Frau aus seinem Milieu hätte Zeter und Mordio geschrien, ihm das Gesicht zerkratzt, gedroht, sich aus dem Fenster zu stürzen. Ach, Giada, Giada …

Lieber den Schmuck. Er konnte eine Million dafür bekommen, wenn Agnolotto gut gelaunt war.

Er verspürte leichte Bitterkeit. So leicht wie ein Nadelstich. Aber gleich darauf beschloss er, dass Giada der Vergangenheit angehörte, und mit einem Achselzucken befreite er sich für immer von der Erinnerung an sie.

Im Morgengrauen ging er bereits über den Lungotevere, die Hände in den Taschen seiner Lederjacke, eine Zigarette zwischen den Zähnen. Er dachte an die Zukunft. Er dachte an Turco, der sich in Scrocchiazeppi verknallt hatte, und dachte an dessen Arbeitgeber, Baron Rosellini.

Wie viel so einer wohl wert war? Eine Milliarde, fünf, zehn?

Einen Versuch war es wert, oder nicht?

Nachwort

Giancarlo De Cataldo hat – neben zahlreichen anderen – vier Kriminalromane geschrieben, die vierzig Jahre italienischer Geschichte umspannen, von den frühen 1970er-Jahren bis heute. Da den deutschen Leserinnen und Lesern diese Zeit vielleicht nicht so vertraut ist wie den italienischen, haben der Literaturkritiker Tobias Gohlis und Giancarlo De Cataldo versucht, den historischen Hintergrund dieser Kriminalromane zu erhellen.

Der König von Rom ist der jüngste dieser vier Romane und eine Rückkehr zu den Anfängen. De Cataldo erzählt darin die Vorgeschichte zu *Romanzo Criminale*, jenem Buch, das ihn und die Maglianabande berühmt gemacht hat. Er stellt den jungen Libanese vor die Frage, ob er wild sein und als Verbrecher früh sterben oder ob er das Angebot eines normalen bürgerlichen Lebens annehmen will, das ihm die Liebe zu Giada macht. Wir wissen, wie sich Libanese entschieden hat. Zeit also für einen Rückblick auf die letzten vierzig Jahre.

Der Verlag

Italien, erzählt in seinen Verbrechen

Von Tobias Gohlis und Giancarlo De Cataldo

Ein Treffen

Im Herbst 2012 ist Giancarlo De Cataldo zufällig einem der Bosse der Maglianabande wieder begegnet. Und der alt gewordene Gangster hat sich beschwert: »Während ich im Gefängnis saß, haben Sie sich damit vergnügt, einen Roman über eine Bande zu schreiben, die es nie gegeben hat. Denn unsere Aktionen waren Einzelaktionen und rein ›individueller‹ Natur.«

Ein starkes Stück. Denn genau dieser Eindruck – dass es sich bei den Drogenverbrechen, Morden, Erpressungen, Grundstücksschwindeleien, Raubüberfällen der 1970er- und 1980er-Jahre um Taten Einzelner handelte – war der Schutzschild gewesen, hinter dem sich die Maglianabande hatte verbergen können. Nur wenige, im Apparat isolierte Polizisten hatten hinter den verschiedenen Verbrechen das Muster und die organisierenden Hirne erkannt. Diesen Beamten hat De Cataldo später in der Figur des Dr. Nicola Scialoja ein Denkmal gesetzt.

Doch bevor er *Romanzo Criminale* schreiben konnte, den Roman, der die Geschichte der Maglianabande und damit Roms und Italiens zwischen 1977 und 1992 erzählt, musste sich der Autor den Stoff erst einmal erschließen. Das war alles andere als ein Vergnügen. Er arbeitete damals als Richter am römischen Schwurgericht. Seine Chance kam, als ihn sein Chef ansprach.

»Mein lieber De Cataldo, das Verfahren gegen die Maglianabande muss eröffnet werden. Glauben Sie, Sie schaffen das?«

»Es war der 20. September 1995. Ich war 39. Ich willigte sofort ein. Vierzehn Tage später begann in der historischen Fechtschule von Luigi Moretti der Prozess gegen die mächtigste und berüchtigtste kriminelle Organisation Roms.«

De Cataldo erinnert sich, dass sich seine Kollegen nicht darum rissen, dieses Verfahren zu übernehmen. Bandenkriminalität galt nicht als prestigeträchtig und somit nicht der Karriere förderlich. Zudem gab es

Befürchtungen um die persönliche Sicherheit. Auch De Cataldo musste erst seine Frau, selbst eine erfolgreiche Anwältin, davon überzeugen, dass ihm und der Familie keine Gefahr drohte. Immerhin lagen die Attentate auf die Antimafia-Richter Giovanni Falcone und Paolo Borsellino erst drei Jahre zurück. Schließlich dauerte der Prozess kürzer als befürchtet und endete mit rund 500 Jahren Gefängnis für die 69 Angeklagten, 17 wurden freigesprochen.

Auf dem Weg zum Romanzo

»Ich entschied mich als Autor dafür, diesen Prozess zu übernehmen, nicht als Richter«, betont Giancarlo De Cataldo. Denn hier hatte er den Stoff gefunden, nach dem er immer schon gesucht hatte. Er ist als Sohn eines Lehrerpaars 1956 in Taranto geboren, einer uralten Hafenstadt in Apulien. Da es dort keine Universität gibt, musste er nach dem Abitur 1974 nach Rom ziehen.

»Jeder Sohn aus dem Süden muss einen akademischen Abschluss machen. Ich wollte Filmregisseur werden, aber damals herrschte an der Filmakademie Aufnahmestopp. Also studierte ich Jura, wie alle, denen nichts Besseres einfällt«, erinnert er sich. Mitte der 1970er-Jahre gab es nur den staatlichen Rundfunk in Italien. Der gescheiterte Filmregisseur beteiligte sich mit Leidenschaft an den ersten privaten Rundfunksendern und hatte bald seine tägliche Talksendung über kulturelle Themen. Während De Cataldo jeden Nachmittag über Kino, Bücher und Musik sprach, lieferten sich vor der Tür Linke und Rechte Straßenschlachten. Nicht nur die Roten Brigaden übten den bewaffneten Kampf, auch die Neofaschisten. Uniformiert waren beide: Die einen mit Jeans, Parka und langen Haaren, die anderen trugen Lederjacken, Stiefel und Glatze. Rom, die »offene Stadt« der Nachkriegszeit, war aufgeteilt in linke und rechte Bezirke. Wehe dem, der im falschen unterwegs war. Es war die Zeit, in der Kinder aus bürgerlichem Elternhaus links waren und im »Lumpenproletariat«, die revolutionäre Kraft sahen. Die Beziehung zwischen Giada und Libanese in diesem Roman ruft die Sehnsüchte jener Tage in Erinnerung. De Cataldo dazu: »Damals wollten Verbrecher wie Libanese normale Bürger werden. Und die normalen Bürger liebäugelten damit, Verbrecher zu sein oder zumindest wie sie zu handeln.«

Nach Studium und Militärdienst bewarb er sich 1981 für das begehrte Richteramt. Eine harte Prüfung: Von dreitausend Bewerbern wurden hundert genommen. De Cataldo bestand und entschied sich für einen Job, der unbeliebt war, der Arbeitsplatz jedoch in Rom und Umgebung lag, wo seine Frau arbeitete und wo die Kultur war. Fünf Jahre war er Richter am Tribunale di Sorveglianza (Überwachungsgericht) von Latium. Diese Gerichte, zu denen es im deutschen Justizwesen keine genaue Parallele gibt, entscheiden in allen Fragen des Strafvollzugs, also über Hafterleichterungen, Strafmaßnahmen, Resozialisierungsmaßnahmen usw. Für De Cataldo war dies eine reiche Quelle der Erfahrung. Er lernte alle Sorten von Verbrechern und alle Varianten von Lügen, aber auch die Misere des Strafvollzugs kennen. Über diese Jahre veröffentlichte er 1991 eine Mischung aus Essay und Tatsachenbericht, den er in Erinnerung an Adorno *Minima Criminalia* nannte.

Zuvor hatte er 1989 bereits den Kriminalroman *Nero come il cuore* (»Schwarz wie das Herz«) veröffentlicht. Darin ging es um Organhandel und Einwanderer. Der traurige Held war ein Anwalt und der Stil *american hardboiled*. Weitere Krimis mit dem Ermittler Bruio, Erzählungen und Essays, Drehbücher für TV-Serien folgten. Sie umkreisten die Themen Nord und Süd, Justiz und Verbrechen. Und ab 1996 brütete er über dem Material für den *Romanzo Criminale*, studierte Aussagen und Akten, entwarf fünf Jahre lang Szenarien und Charakterskizzen. Im sechsten Jahr schrieb er den Roman fertig. Er erschien 2002.

Romanzo Criminale

In *Romanzo Criminale* erzählt De Cataldo fünfzehn Jahre italienischer Geschichte aus einem besonderen Blickwinkel: Es ist der einer Gruppe von römischen Vorstadtgangstern, die zur mächtigsten Bande Roms aufsteigen und nach fünf Jahren in alle Winde zerstreut oder ermordet sind oder im Gefängnis sitzen. Diese Maglianabande hat es einerseits wirklich gegeben, und der Richter Giancarlo De Cataldo hat das Seine dazu beigetragen, sie als Bande juristisch dingfest zu machen. Andererseits ist sie durch seinen Roman und die darauf basierenden Verfilmungen durch Michele Placido (2005) und Stefano Sollima (2008–2010) zu einem Mythos geworden, der tief in die Herzen nicht nur der Römer, sondern aller Italiener reicht. *Romanzo Criminale* erfüllt gleichzeitig die Funktionen eines römischen Heimatromans, einer grandiosen Räuberromanze und eines Politthrillers. Es gibt Webseiten, T-Shirts mit den Konterfeis der Banditen-Darsteller und Stadtführungen zu den Schauplätzen der Filme. Es gibt Filme, in denen behauptet wird, die Bande existiere immer noch und beherrsche Rom aus dem Untergrund. Kurz, der Maglianabande ist es ergangen wie jeder großen Verbrecherorganisation: Die Tatsachen werden von Mythos und Fiktion überwuchert. Oder anders: Die Fiktion hat ihre eigene Wirklichkeit geschaffen. Vor diesem Hintergrund klingt De Cataldos Darstellung wie eine Beschwörung:

Der »Boss« hat Recht: *Romanzo Criminale* ist wirklich ein Roman. Auch wenn er von einer wahren Geschichte ausgeht, ist Romanzo Criminale sicher nicht die »wahre Geschichte der Maglianabande« – und hat dies zu keinem Zeitpunkt sein wollen. Allen wiederkehrenden Polemiken über die Faszination des Bösen und allen damit einhergehenden Spekulationen zum Trotz, *Romanzo Criminale* ist keine Parteinahme für die Maglianabande, und wollte dies auch niemals sein. Wenn überhaupt will der Roman ein Bild von der zerstörerischen Macht der menschlichen Habgier zeichnen – und zwar ohne tröstlichen Ausgang. All denen, die sich Libanese zum Vorbild nehmen wollen, gebe ich den guten Rat, seine Geschichte bis zum bitteren Ende zu verfolgen.

Über die reale Maglianabande schreibt der Autor:

Bis in die frühen 1970er-Jahre war das Verbrechen in Rom eine Sache von Fäusten und Messern, von Wucherern und eleganten Dämchen. Es herrschte der gefürchtete Marseiller-Clan, unverfrorene, exzessive, leicht dekadente Gangster. Sie waren die unangefochtenen Monopolisten des Drogenmarktes: Damals – wie heute – war die Droge die absolute Königin der Szene-Lokale, wo die römische Jugend gemeinsam mit bekannten Gesichtern aus dem Show-Biz und verblassenden Sternchen der Halbwelt die letzten Züge einstiger »Dolce-Vita«-Herrlichkeit in durchzechten Nächten einsog.

1975/76: Eine Gruppe von jungen und ehrgeizigen Kleinkriminellen in Rom schickt sich an, eine Bande nach mafiösem Vorbild zu organisieren. Das war in Rom zuvor noch nicht geschehen – und es sollte nachher auch nie mehr passieren.

Um in das einzig relevante Verbrechen, das Drogengeschäft, einzusteigen, benötigten sie Startkapital. Von der verzweifelten Suche danach erzählt *Der König von Rom*.

In der rauen Wirklichkeit wurde das Geld durch Entführung und Mord beschafft. 1977 entführte der spätere Bandenchef Franco Giuseppucci (im Roman »Libanese« genannt) den Grafen Grazioli. Trotz Lösegeldzahlung durch die Familie wird er ermordet. Unterstützung findet das junge Banden-Unternehmen bei angesehenen Gangstern wie Raffaele Cutolo, der seit 1963 wegen Mordes im Gefängnis sitzt und von dort die von ihm gegründete Nuova Camorra leitet, und dem Lokalmatador Nicolino Selis (im Roman »il Sardo«). Einen anderen Lokalfürsten, Franco Nicolini (Terribile), bringen sie bald um. Dazu De Cataldo:

> Im Laufe weniger Jahre, zwischen 1977 und 1983, macht die Bande reinen Tisch mit ihren Rivalen. Die zornigen jungen Löwen zwingen die regierenden Paten zu Pakten. Wer sich widersetzt, wird aus dem Weg geräumt. Das Territorium wird in Zonen eingeteilt. Die Gewinne aus den schmutzigen Geschäften werden gleichmäßig aufgeteilt – nach dem Prinzip einer für alle, und für die »Opfer der Justiz« werden Rücklagen gebildet. Keine kriminelle Aktion entgeht der Kontrolle der Bande. Das »core business« ist der Drogenhandel. Die Straßen von Rom sind von Heroin überflutet. Der Schuss nimmt den Platz des Joints ein. Eine Redensart gibt das Lebensgefühl jener Zeit treffend wieder: »In Magliana setzen sich selbst die Vögel einen Schuss« – was nichts anderes heißt, als dass die Droge von einem Spielzeug gelangweilter Reicher zur sozialen Geisel geworden ist. Die Bande hat die Art des Verbrechens von Grund auf verändert: Das Gangstertum hat dem organisierten Verbrechen Platz gemacht. Dynamik, Aggressivität, Modernität kennzeichnen die Wachstumszyklen nicht nur des gesellschaftlichen Fortschritts, sondern auch der dunklen Seite unserer Zeit. Während die repressiven Staatsapparate konvulsiv mit dem Kampf gegen den Terrorismus beschäftigt sind, wird die Bande aufgrund der eisernen Kontrolle des Territoriums und ihres weitreichenden Feuerradius von zunehmendem Interesse für andere. Es werden Geschäftsbeziehungen zu Mafia, Camorra, chinesischen und südamerikanischen Drogenhändlern aufgebaut. Neofaschistische Terroristen oder Terroristenaspiranten nehmen Kontakt mit Bossen oder Unterbossen der Bande auf. Zutritt zu dieser Gemeinschaft zu bekommen, ist eine Ehre.

Die Bande macht gemeinsame Sache mit geheimen Bruderschaften und »fehlgeleiteten« Abteilungen der Geheimdienste. Es folgen Leistungen und Gegenleistungen, Gefälligkeiten und die später wieder rückgängig gemachte Bitte, das Verlies Aldo Moros zu suchen, und andere Dinge, die noch nicht gänzlich aufgeklärt wurden und wohl auch nie aufgeklärt werden.

Der 1916 geborene Aldo Moro war mehrfach Ministerpräsident gewesen und einer der angesehensten Politiker der Democrazia Cristiana (DC), deren Präsident er war. Moro wurde 1978 auf dem Weg zum Parlament von den Roten Brigaden entführt. Dort sollte an diesem Tag die Minderheitsregierung des DC-Politikers Giulio Andreotti durch ein Vertrauensvotum fast aller Parteien unterstützt werden. Auch die Kommunisten (PCI), damals zweitstärkste Partei, wollten Andreotti im Sinne des von Moro favorisierten »Historischen Kompromisses« unterstützen. Die PCI hatte sich unter Führung Enrico Berlinguers zuvor von Moskau losgesagt. Die genauen Umstände und Hintergründe der Entführung und Ermordung Moros, der nach 55 Tagen erschossen im Kofferraum eines Autos im Zentrum von Rom aufgefunden wurde, sind nicht restlos geklärt.

Der Historische Kompromiss der beiden ursprünglich im Antifaschismus der Nachkriegszeit verwurzelten Parteien bedrohte die »Logik der Konferenz von Jalta«. So sah es der Journalist Carmine Pecorelli, der wegen der intensiven Recherchen zur Ermordung Moros 1979 selbst umgebracht wurde. (Dafür wurden 2002 Ex-Ministerpräsident Andreotti und der Mafiaboss Gaetano Badalamenti in erster Instanz verurteilt, in zweiter allerdings freigesprochen.) In Jalta hatten USA und UdSSR ihre jeweiligen Hegemonialsphären gegeneinander abgegrenzt. Der Wechsel Italiens, das als Frontstaat galt wie sonst nur die BRD, zu einer neutralen oder weniger antikommunistischen Regierung hätte aus der Sicht der Hardliner innerhalb der CIA und aller möglichen postfaschistischen Gruppierungen in Italien dieses Gleichgewicht der Kräfte gestört. Die Ermordung Moros durch die Roten Brigaden, die mit der Entführung vorgeblich nur ein paar ihrer politischen Gefangenen freibekommen wollten, wurde durch die Weigerung der Andreotti-Regierung, mit den Entführern zu verhandeln, provoziert, lag aber im Interesse aller, denen an der Aufrechterhaltung des Status quo gelegen war. Dazu gehörten neben den USA auch die UdSSR, beide nahmen über ihre Geheimdienste auf die unmittelbar Beteiligten, die Roten Brigaden auf der einen und verschiedene neofaschistische Kräfte auf der anderen Seite, Einfluss.

Zum Terror der Roten Brigaden gesellten sich ebenfalls in den 1970er-Jahren eine Reihe von Anschlägen neofaschistischer Gruppierungen wie des Ordine Nuovo und der Nuclei Armati Rivoluzionari (NAR). Hinter diesen standen die geheime Freimaurerloge Propaganda Due (P2) und die von der CIA geführte paramilitärische Guerilla-Organisation Gladio, deren Existenz (praktisch in allen westlichen Frontstaaten des Kalten Krieges) erst in den 1990er-Jahren aufgedeckt wurde

Als Repräsentanten für diesen mehr oder minder undurchschaubaren, dennoch vorhandenen Komplex schattenstaatlicher Aktivitäten hat Giancarlo De Cataldo die Figur des Vecchio, des Alten, erfunden. Er charakterisiert ihn als unscheinbaren Mann im Hintergrund, der (ähnlich wie der Dekaden überstehende FBI-Chef J. E. Hoover) auf einem Berg von Akten sitzt, mit dem er jeden erpressen kann. Vecchio ist ein Mann ohne Ideologie, ein Anarchist, der die Geschehnisse ihren Lauf nehmen lässt. Dieser geheime »Brückenkopf des eingefleischten Antikommunismus« nutzt Linke wie Rechte, Homos und Heteros und eben auch die aufstiegssüchtigen Jungs von der Maglianabande. Und zeigt diesen Königen der Straße, wenn nötig, die wahre Macht. De Cataldo hat ihn aus einem Gedankenspiel geschaffen.

In den achtziger Jahren dachte der ehemalige Staatspräsident Sandro Pertini, der linke wie der rechte Terrorismus werde von einem geheimen Zentrum gesteuert, von den Sowjets, den Amerikanern oder beiden. Er nannte es symbolisch ›Il Vecchio‹, und ich habe es personifiziert.

Zur Strategie der Spannung gehörte auch der Bombenanschlag auf den Bahnhof in Bologna, der 1980 85 Tote und 200 Verletzte forderte.

Auch wenn die Zielsetzung der Maglianabande primär Bereicherung durch Verbrechen war, hatten die Mitglieder diverse Kontakte zum neofaschistischen Spektrum. Franco Giuseppucci (Libanese) schwärmte für den Duce und bewahrte eine Büste von ihm auf; Enrico De Pedis (Dandi) und Maurizio Abbatino (Freddo) hatten Freunde bei den NAR. Inwieweit sie tatsächlich am Anschlag von Bologna, an der Ermordung Mino Pecorellis oder bei der Suche nach dem Versteck Moros beteiligt waren, ist juristisch nicht aufgeklärt. Der Politthriller stellt diese Zusammenhänge her, aber näher als durch das »Wissen ohne zu beweisen« der Fiktion wird man nur selten der Wahrheit kommen. Der Thriller schafft seine eigene Wahrheit, und die lautet, dass die politischen und die »normalen« Verbrecher sehr gut miteinander kooperierten. Doch Letztere waren auf den schnellen Gewinn aus, die Macht, die sie ergreifen wollten, bestand in der Beherrschung des Drogenmarktes, nicht in der Macht über den Staat. Giancarlo De Cataldo:

> Und dann, gerade als die Bande an die Spitze des kriminellen Italiens vorgestoßen ist, beginnt auch schon der abrupte, aber unaufhaltsame Fall. Es gibt ein Gesetz, das die Unterwelt regiert und das keine Ausnahme kennt. Kein Verbrecher, der nicht ein großer Verbrecher, ein Boss sein will. Und kein Boss, der nicht davon träumt, ein normaler, »sauberer Mensch« zu werden, in seinem eigenen Bett, im Kreise seiner Familie, seiner Kinder und Kindeskinder zu sterben, ohne Angst vor dem Gefängnis oder vor der tödlichen Kugel, die seiner unglückseligen Existenz ein Ende setzt. Es ist logisch: Um ein großer Verbrecher zu werden, musst du die Nummer eins der Straße werden, doch um »normal« zu werden, musst du der Straße wieder den Rücken kehren – und genau in diesem Moment kehrt dir die Straße den Rücken. Es wird jemand kommen, der noch unnachgiebiger, noch grausamer, gewalttätiger und hungriger sein wird als du. Und der wird deinen Platz einnehmen – auf die einzig mögliche Art und Weise: Indem er dich wegfegt. So hat es mit der Maglianabande geendet.

Schmutzige Hände

Romanzo Criminale umfasst die Jahre 1977 bis 1992, der nachfolgende Politthriller *Schmutzige Hände* von 2007 den Zeitraum von 1992 bis 1994. Damit umspannt De Cataldo die zwei Jahrzehnte, in denen das politische System der Nachkriegszeit zusammenbrach, bzw. die Erste Republik. Am Ende von *Schmutzige Hände* stehen die Wahlrechtsreform von 1994, der Untergang der drei zuvor tragenden Parteien DC, PCI und PSI (Sozialistische Partei) sowie der Aufstieg neuer populistischer Gruppierungen und Silvio Berlusconis.

In *Schmutzige Hände* wechselt der Autor die Perspektive. Nicht mehr die lokalgeschichtlichen Aktivitäten einer römischen Verbrecherbande, sondern Machtverschiebungen innerhalb des Staatsapparats, repräsentiert im Kampf zweier Staatsdiener, Geheimnisträger und Agenten gegeneinander, bilden den Fokus des Geschehens. Stalin Rossetti und Nicola Scialoja kämpfen nicht nur um das böse Erbe Vecchios, sondern auch um Patrizia, die ehemalige Hure, die bereits in *Romanzo Criminale* im Zentrum der erotischen Obsessionen stand. Rossetti ist der *bad cop*, Scialoja nicht der gute, sondern nur der *lesser bad cop*. Rossetti war und ist sowohl für die geheimste Geheimorganisation Catena, als auch im Dienst der Mafia als Killer unterwegs. Scialoja ist Vecchios Erbe und an die Spitze der geheimen Operationen getreten. Als solcher unternimmt er den Versuch, mit der Cosa Nostra, der sizilianischen Mafia, zu einem Agreement zu kommen – ein Vorhaben, das er niemals eingestehen dürfte.

Um diesen Handlungskern herum, der auf ein schlichtes Wer-Gegen-Wen hinausläuft, trudeln die Großereignisse jener Jahre. Giancarlo De Cataldo:

> 1989 fällt die Berliner Mauer. Wenige Monate danach ändert die italienische kommunistische Partei (PCI) ihren Namen in PDS (Partito Democratico della Sinistra/Demokratische Partei der Linken) um.
>
> Nachdem die Vorbehalte aus dem Kalten Krieg nichtig geworden sind, kann Italien durchaus eine Linksregierung haben.
>
> Darum müssen mit der Mafia keine Geschäfte mehr gemacht werden, um sie als antikommunistische Kraft einzusetzen.
>
> Am 30. Januar 1992 verurteilt das Kassationsgericht Mafiabosse zu lebenslangen Haftstrafen.
>
> Die Bosse, die noch in Freiheit sind, beschließen, sich an den Politikern zu rächen, die sie nicht geschützt haben.
>
> Im März 1992 teilt ein Gefängnisinsasse den Carabinieri Folgendes mit: Achtung, es wird Anschläge und Attentate geben. Die Mafia ist wütend, aber nicht nur sie allein wird agieren. Es gibt einen Plan, Italien zu destabilisieren und eine neue politische Kraft zu schaffen, die Italien in den nächsten Jahren regieren wird.
>
> Wenige Tage darauf wird Salvo Lima, ein hoher Politiker der Christdemokraten ermordet. Lima war der Garant für das Gleichgewicht zwischen Staat und Mafia in Sizilien.
>
> Erneut befragen die Carabinieri den Häftling und sammeln neue Aussagen. Informationen über diese Befragungen sickern durch und werden in den Medien veröffentlicht. Zwei Tage lang wird die Gefahr eines drohenden Staatsstreichs heraufbeschworen, bis sich jemand daran erin-

nert, dass der Häftling bereits wegen Verleumdung verurteilt worden war. Seine Aussagen werden als Ente abgetan.

In der Zwischenzeit: Am 23. Mai 1992 werden der Richter Giovanni Falcone und zwei Monate später der Richter Paolo Borsellino buchstäblich in die Luft gejagt. Im September wird Ignazio Salvo ermordet, ein mächtiger »Gabelliere«, Freund der Mafia, jener Mann, der in Sizilien im Auftrag des Staates die Steuern einhob und dafür einen großen Anteil für sich behielt.

Gleichzeitig beginnen in Mailand die Erhebungen gegen die politische Korruption. Im Laufe zweier Jahre (1992–1994) werden die beiden wichtigsten Regierungsparteien, die Christdemokraten und die Sozialisten, durch die Untersuchungen der Richter von »mani pulite« (»saubere Hände«)aufgerieben.

1993 legt die Mafia Bomben in Florenz, Mailand und Rom. Es ist der Versuch, den Staat zum Verhandeln zu zwingen. Der Staat weiß nicht, was er tun soll. Es gibt Kontakte (hierzu laufen heute noch Untersuchungen) zwischen Polizei, Carabinieri, geheimen Diensten und der Mafia.

Alle diese Ereignisse durchziehen *Schmutzige Hände*. Es ist, wie De Cataldo sagt, eine Hypothese. Aber, so meint er im Interview:

Verschwörungen hat es gegeben. Ich nenne sie Catena, die Figur des Vecchio hat diese Geheimorganisation gegründet.

Nach dem Ende des Kalten Krieges wurde bekannt, dass es eine solche Organisation gegeben hat, sie wurde Anello – »der Ring« – oder auch Noto servizio – »der wohlbekannte Service« – genannt.

Ein Beispiel: 1996 stieß die Polizei auf der Suche nach Dokumenten über das Bombenattentat in Brescia 1975 auf ein Gebäude in Rom. In dessen Keller fand man über ein Million Dokumente über Geheimdienstaktivitäten. Ein Spezialist identifizierte die Dokumente, die irgendjemand dort hinterlegt hatte, als Dokumente des Noto servizio. Sie wurden analysiert, für geheim erklärt und, obwohl zu befürchten war, dass sie Auskunft über Verbrechen gaben, die unter dem Geheimdienstsiegel begangen wurden, nicht komplett vernichtet, sondern nur ein Teil davon. Der Grund war, so sehe ich es, man wollte diese Akten für Situationen bewahren, in denen sie nützlich sein könnten. Das war das Italien jener Zeit.

Zeit der Wut

Den Roman *Zeit der Wut* hat De Cataldo gemeinsam mit dem in Italien sehr bekannten Drehbuchautor Mimmo Rafele (u. a. *Allein gegen die Mafia*) zunächst als Drehbuch konzipiert. Die beiden kennen sich vonder Arbeit an der TV-Serie *Borsellino* über den gleichnamigen Antimafia-Richter. Der deutsche Titel *Zeit der Wut* bezieht sich auf den jungen Helden des Romans, den Polizisten Marco Ferri. Er ist geladen mit einer Art genetischer Wut, die ihn nur zu leicht aus dem Lager des rechtsstaatlich agierenden Polizisten Nicola Lupo in das des Quasi-Söldners Aldo Mastino überlaufen lässt, der in Wirklichkeit Befehlsempfänger des dämonischen Kommandanten ist.

Der italienische Titel des Romans *La forma della paura* (»Die Gestalt der Angst«) kennzeichnet deutlicher als der deutsche das zentrale Thema. An die Stelle der »Strategie der Spannung« aus der Zeit des Kalten Krieges ist nach den Anschlägen des 11. September 2001 das Herrschaftsinstrument der Furcht getreten. De Cataldo:

> Seitdem herrscht eine diffuse Stimmung, wir müssten uns verteidigen, der Westen befinde sich in einer Wagenburg: Wir treten in die Epoche der Selbstverteidigung ein. Unser gemeinsamer großer Feind seien die Araber. Und ein Haufen Geld wurde für Sicherheit ausgegeben. In Italien hat sich diese allgemeine Bedrohungsangst verknüpft mit der Frucht vor Einwanderern, nicht nur aus Nordafrika, sondern vor allem auch aus Osteuropa.

Die Dualität böser Cop – weniger böser Cop, die er bereits in *Schmutzige Hände* erprobt hat, ist gewissermaßen ummantelt durch die zentrale böse Figur des Kommandanten einerseits und die Intrige des vorgetäuschten islamistischen Attentats andererseits. Die beiden Cop-Figuren agieren die moralischen, politischen und Rivalitäts-Konflikte zweier Staatsdiener mit unterschiedlichen Temperamenten und Idealen aus und bieten Identifikationsfläche für den Diskurs über wehrhafte versus offene Demokratie. Dieser findet jedoch nicht im luftleeren bzw. genre-gegebenen fiktiven Raum statt.

Denn sowohl dem Kommandanten als Typ ist der Autor in der Realität begegnet als auch den illegal operierenden Polizisten, die friedliche muslimische Einwanderer zu Anschlägen aufhetzen. Letzteren ist er im Saal des Appellationsgerichtshofes begegnet, an dem er tätig ist. Giancarlo De Cataldo:

Wir hatten den Fall zweier arabischer Fischer. Sie waren angeklagt, einen Sprengstoffanschlag gegen den Soldatenfriedhof von Nettuno nahe Rom geplant zu haben. Wir ließen sie frei, weil wir den Beweis hatten, dass jemand anderes den Sprengstoff hinterlegt hatte.

Ein Geheimdienstler hatte diesen legalen arabischen Einwanderern gedroht, er werde sie den Israelis oder der CIA ausliefern, wenn sie nicht kollaborierten. Er wollte sie als Agenten in islamischen Kreisen einsetzen (wie den Ägypter Salah im Roman). Diese sehr armen und kaum des Lesens und Schreibens kundigen Fischer hatten einen italienischen Freund, der zum Islam übergetreten war und dem sie deshalb vertrauten. Dieser Freund, ein Steinmetz, folgte dem Geheimagenten beim nächsten Treffen und identifizierte ihn, so dass wir ihn vor Gericht laden und befragen konnten.

In einem andern Fall wurden 14 oder 15 Nordafrikaner angeklagt, sie wollten angeblich das römische Wasser vergiften. Ihre Telefone waren überwacht worden. Man hatte den arabischen Gruß »scha nur«, was so viel bedeutet wie »Das Licht sei mit dir«, mit dem italienischen Wort für Zyankali – »cianuro« -verwechselt.

Das Vorbild für den Kommandanten, der einen Anschlag vortäuscht, um einen Konflikt zu verschärfen, war der amerikanische Spindoktor, Geheimdienstmann und spätere Krimischriftsteller Steve Pieczenik. Er hatte den italienischen Staat als Spezialist für psychologische Kriegsführung zur Zeit der Moro-Entführung beraten. Um zu verhindern, dass Moro freigelassen wurde, ließ er ein Schreiben der Roten Brigaden fälschen, das die Ermittler just zu dem Zeitpunkt, wo man Moro hätte finden können, von Rom weg an einen See in den Albaner Bergen lockte.

Schlecht denken, böse Fragen stellen

Giancarlo De Cataldo und Mimmo Rafele haben *Zeit der Wut* als Appell verstanden, sich gegen die Einschränkung demokratischer Freiheiten zu wehren, die unter dem Vorwand, sie zu schützen, vollzogen wird.

De Cataldo sieht sich als Richter wie als Schriftsteller in einer Front demokratischer Abwehr.

Als Richter ist er stolz auf die Unabhängigkeit (übrigens auch im Unterschied zu den deutschen Staatsanwaltschaften, die den Justizministern unterstehen), mit der die italienischen Gerichte und Ermittlungsbehörden den Filz zwischen organisiertem Verbrechen und Geheimdiensten untersuchen können und untersucht haben. »Wir wissen so viel, weil wir so gute Richter haben! Und wir haben ein viel distanzierteres Verhältnis als ihr Deutschen zum Staatsapparat.« Und tatsächlich wäre die Befragung eines Geheimdienstbeamten, wie im Fall der arabischen Fischer, in Deutschland wohl am Aussagevorbehalt der übergeordneten Behörde gescheitert. In Italien hingegen muss ein Geheimdienstler als Zeuge auftreten, mit allen Konsequenzen im Fall einer Falschaussage.

Als Kriminalschriftsteller, der mit *Der König von Rom* jetzt eine Tetralogie der jüngsten italienischen Geschichte in ihren Verbrechen vorgelegt hat, sieht sich Giancarlo De Cataldo zunächst einmal in einer Linie mit seinen italienischen Kollegen. Er selbst hat sie als Herausgeber von Anthologien und TV-Serien immer wieder zusammengeholt, um jeder auf seine Weise vom Verbrechen, das heißt von Ungleichheit, Unterdrückung, Ungerechtigkeit und Gewalt, zu erzählen. »Das große Verbrechen unserer Zeit ist das Verbrechen gegen die Demokratie«, fasst er zusammen, »in dieser Zeit der Konfusion können wir auch den Guten nicht vollständig trauen.« Skepsis zu wecken, lebenswichtiges demokratisches Misstrauen, das ist sein erklärtes Ziel. Oder, um es mit den Worten seines Freundes Carlo Lucarelli zu sagen, sie üben sich in der Kunst, »schlecht zu denken«.

Und deshalb sieht De Cataldo sich in einer größeren Gemeinschaft als nur der italienischen Autoren. Es ist die Internationale der demokratischen Kriminalschriftsteller. »Nehmen Sie meine Bücher oder die von Stieg Larsson, von Dominique Manotti oder Ian Rankin, dann sehen Sie: Wir schreiben alle ganz verschieden, aber über das eine zentrale Thema, unsere schwache, anfällige, fragile Demokratie und wer sie gefährdet.«

ZEITTAFEL

1963	Erster Mafiakrieg
1969–1980	»Anni di piombo«, Bleierne Jahre: rechter und linker Terrorismus
12.12.1969	Mitglieder des neofaschistischen Ordine Nuovo und der Nuclei Armati Rivoluzionari (NAR) töten 16 Menschen bei Bombenattentaten in Mailand und Rom, unterstützt vom Militägeheimdienst SISMI.
1969	Der Faschist Licio Gelli wird Sekretät der Freimaurerloge Propaganda Due (Loggia P2) und baut mit Unterstützung der CIA ein antikommunistisches Netzwerk aus Militärs, Geheimdienstleuten, Unternehmern und Politikern auf.
24.10.1970	»Professore« Raffaele Cutolo gründet die Nuova Camorra aus dem Gefängnis in Neapel heraus.
1974	Giancarlo De Cataldo kommt nach Rom, um Filmregisseur zu werden, studiert aber Jura und arbeitet bei einem privaten Radiosender.
1977	Die Maglianabande, benannt nach einem Vorort Roms, entsteht unter Führung Franco Giuseppuccis (im Roman Libanese).
7.11.1977	Entführung des Grafen Massimiliano Grazioli Lante della Rovere, tot aufgefunden vier Monate später.
16.3.1978	Die Brigate Rosse entführen Aldo Moro, den langjährigen Premierminster und in der DC Vordenker des »Historischen Kompromisses« mit dem PCI. Die Maglianabande beteiligt sich an der Suche nach seinem Gefängnis, wird aber zurückgepfiffen.
9.5.1978	Moros Leiche wird nach 55 Tagen Gefangenschaft gefunden.
25.7.1978	Franco Nicolini (im Roman Terribile) wird erschossen.
1978	Berlusconi wird Mitglied der Geheimloge P2.
20.3.1979	Der Journalist Carmine Pecorelli wird mit Munition aus dem Waffenlager der Maglianabande im römischen Gesundheitsministerium erschossen. Er hatte hinter der Moro-Entführung Geheimdienstkreise vermutet.
2.8.1980	Neofaschisten der Nuclei Armati Rivoluzionari legen eine Bombe auf dem Hauptbahnhof von Bologna: 85 Tote und 200 Verletzte.
13.9.1980	Franco Giuseppucci, Kopf der Maglianabande, wird in Trastevere erschossen.
3.2.1981	Nicolino Selis (im Roman il Sardo) wird von Mitgliedern der Maglianabande ermordet.
1981–1983	Im »Zweiten Mafiakrieg« erobert die Mafia-Familie aus Corleone durch ca. 1000 Morde die Macht in der Cosa Nostra, unter den Opfern sind auch Repräsentanten der Staatsmacht.
Mai 1981	Eine parlamentarische Untersuchungskommission deckt weitläufige Verbindungen der Geheimloge Propaganda Due mit Geheimdiensten, Mafia-Bankiers, Militärs, Finanziers und Politikern auf.

25.11.1981	Die Polizei entdeckt das Waffenlager der Maglianabande im Keller des Gesundheitsministeriums.
1.4.1982	Aldo Semerari (im Roman Professor Cervellone), Neofaschist, Kriminologe, Berater der Maglianabande, wird erschossen.
3.9.1982	Antimafia-Richter Carlo Alberto Dalla Chiesa, berühmt durch seinen Kampf gegen die Roten Brigaden, wird in Palermo ermordet.
29.7.1983	Ermordung des Antimafia-Richters Rocco Chinnici
Dezember 1983	Festnahme von Tommaso Buscetta, »Boss zweier Welten«, seit 1984 Hauptzeuge gegen die Cosa Nostra in den Maxi-Prozessen.
23.12.1984	Mafioso Pippo Calò organisiert mit Unterstützung von Neofaschisten einen Bombenanschlag auf den Zug Neapel-Mailand (16 Tote), um das öffentliche Interesse von der Cosa Nostra abzulenken.
10.2.1986–16.12.1987	Maxi-Prozess gegen die Cosa Nostra, 344 Angeklagte verurteilt, 114 freigesprochen.
2.2.1990	Enrico de Pedis (im Roman Dandi) wird in Rom erschossen und später in der Krypta der Basilica di Sant'Apollinare als »Wohltäter der Kirche« beerdigt.
24.10.1990	Ministerpräsident Giulio Andreotti bestätigt die Existenz geheimer Guerillaeinheiten unter Führung des Militärgeheimdienstes, erste Bestätigung der NATOOperation Gladio.
24.1.1992	Maurizio Abbatino (im Roman Freddo) wird in Venezuela verhaftet und stellt sich der italienischen Justiz als »Pentito« zur Verfügung, lebt im Zeugenschutzprogramm.
30.1.1992	Die Urteile der Maxi-Prozesse werden rechtskräftig, die Cosa Nostra verliert an Bedeutung, die Mafiabosse Totò Riina, Bernardo Provenzano und Matteo Messina Denaro beschließen, dem Staat die Machtfrage zu stellen.
17.2.1992	Die Verhaftung des Direktors eines Altersheims in Mailand führt zur Aufdeckung des Korruptionssystems Tangentopoli, mit dem sich die führenden Parteien finanzierten. Die Untersuchungen unter dem Motto »mani pulite« (»Saubere Hände«) erschüttern das politische System. Die bis dahin staatstragenden Parteien DC und PSI verlieren an Bedeutung, brechen zusammen und benennen sich um. Populistische Parteien wie die Lega Nord und Berlusconis Forza Italia gewinnen dank eines neuen Wahlsystems 1994 die Wahlen.
12.3.1992	Salvatore, »Salvo«, Lima, DC-Politiker, Bürgermeister von Palermo, EU-Abgeordneter, Kontaktmann zwischen Cosa Nostra und Rom (u. a. zu Ministerpräsident Giulio Andreotti), wird erschossen.
23.5.1992	Ermordung von Richter Giovanni Falcone, seiner Ehefrau und drei Leibwächtern durch die Cosa Nostra
19.7.1992	Ermordung von Richter Paolo Borsellino, vermutlich unter Mitwirkung der Geheimdienste
September 1992	Ignazio Salvo (»Steuereintreiber«), mit Cousin Antonio einer der reichsten Männer Siziliens, wird erschossen.
15.1.1993	Salvatore, Totò, Riina, Boss der Cosa Nostra, wird verhaftet. Riina ordnete u. a. den Mord an Giovanni Falcone an.

16.4.1993	Bei einer Razzia werden 55 Mitglieder der Maglianabande festgenommen.
18.4.1993	Volksabstimmung über das neue Wahlrecht
14.5.1993	Bombenattentat in Rom in der Via Fauro
27.5.1993	Bombenattentat in Florenz in der Via dei Georgofili nahe den Uffizien (5 Tote)
27./28.7.1993	Attentate in Mailand (5 Tote) und Rom
4.8.1993	Das neue Mehrheitswahlrecht wird verabschiedet.
31.10.1993	Ein Anschlag auf das Olympiastadion in Rom misslingt.
November 1993	Silvio Berlusconi gründet die neue Partei Forza Italia, in der sich u. a. die Reste der Democrazia Cristiana und der PSI sammeln.
26.1.1994	Sivio Berlusconi erklärt seinen Eintritt in die Politik, um »die kommunistische Gefahr abzuwehren«.
25.3.1994	Wahlen: Berlusconi bildet mit der rechtspopulistischen Lega Nord und dem Sammelbecken der Neofaschisten, Alleanza Nazionale, die Regierung.
Oktober 1995	Richter Giancarlo De Cataldo leitet den einzigen Prozess gegen die Maglianabande wegen organisierter Kriminalität.
Juni 2000	Eine Untersuchungskommission des italienischen Senats offenbart die enge aktive Zusammenarbeit zwischen dem militärischen Geheimdienst SISMI und der CIA bei der Durchführung terroristischer Anschläge im Zuge der »Strategie der Spannung«, die sowohl rechten als auch linken Terrorgruppen zugeschrieben worden waren.
11.9.2001	Al-Kaidas Anschläge auf die Twin Towers verändern das westliche Sicherheitsdenken. Beginn des »Kriegs gegen den Terror«.
28.1.2003	George W. Bush präsentiert einen offenkundig gefälschten Vertrag über Uranlieferungen Nigers an den Irak, um den Irakkrieg zu legitimieren. Die Fälschung entstand 2002 in Italien.
11.4.2006	Bernardo Provenzano, Boss der Mafia, auf der Flucht seit 43 Jahren, wird verhaftet. Sein vermeintlicher Nachfolger ist Matteo Messina Denaro.
2005	Der Film *Romanzo Criminale* erscheint, Regie: Michele Placido.
2008–2010	Stefano Sollima realisiert die TV-Serie *Romanzo Criminale.*

LESEPROBE

CLAUDIO PAGLIERI
KEIN VORTEIL FÜR COMMISSARIO LUCIANI
DAL 1860
BARALLA
atb
ROMAN

Wassili und Boris

Wassili Awdejew träumte, er liege in einer Hängematte, die auf der Osterinsel zwischen zwei Moai aufgespannt war. Die Moai beäugten ihn mit finsterer Miene, als wäre er in ihren Lebensraum eingedrungen. »Was seid ihr lästig«, wiederholte Wassili, »ich tu doch nichts Böses, ruhe mich nur ein bisschen aus.«

Die Hängematte schwang hin und her, in gleichmäßigem Takt, und Wassili wurde langsam ein wenig übel. »Ich muss zu viel getrunken haben«, sagte er zu den Moai. »Ich will mich nur noch ein Stündchen ausruhen, dann lass ich euch in Frieden, versprochen.«

Die Hängematte schwang immer weiter aus, dann fing sie an, sich in der Horizontalen zu drehen, wie ein Karussell, zuerst langsam, dann immer schneller, während die Stimmen der Moai in seinem Kopf wie Billardkugeln herumflipperten und immer wieder schmerzhaft gegen die Bande prallten. Wassili merkte, dass er sich in den Maschen der Hängematte verheddert hatte, ihm brach kalter Schweiß aus. Er wollte aussteigen, doch das Karussell drehte sich inzwischen viel zu schnell. Er bat die Moai, ihm zu helfen: »Lasst mich aussteigen, dann gehe ich sofort, versprochen! Lasst mich runter, ich bitte euch, lasst mich runter!«

Er wurde vom Geräusch seines Körpers geweckt, der auf dem Fußboden aufschlug, es dauerte einige Sekunden, bis er begriff, dass er nicht auf der Osterinsel, sondern auf seiner Jacht war, in der Luxuskabine. Eine weitere Sekunde genügte, und er merkte, dass ihm die Kotze hochkam, er musste sich sputen, wenn er es bis zum Klo schaffen wollte.

Er kam gerade noch rechtzeitig in die Toilette, wo er zusammengekrümmt jammerte und spie, bis sein Magen vollständig geleert war.

»Verfluchte Scheiße«, murmelte er, zuerst leise, dann lauter.

Er spritzte sich kaltes Wasser ins Gesicht, bis der Raum sich langsamer drehte und sein Hecheln eine erträgliche Frequenz annahm. Diesmal haben wir es echt übertrieben, dachte er, aber dieses Kokain war wirklich der Oberhammer. Sie hatten überall ihre Lines gezogen, auf den Tischen, den Nachtschränkchen, dem Bauch der Mädchen, sie hatten mit 500er-Scheinen gesnifft, und bei jedem Zug küssten sich die Mädchen, die Scheine verschwanden, er und sein Kumpel Boris applaudierten und lachten wie die Bekloppten.

Er spülte sich den Mund mit einer Lösung zur Zahnfleischbehandlung, die stets im Badschrank stand, spuckte aus und spülte mehrmals nach. Als er meinte, das Aroma der Minze habe mehr oder weniger das der Kotze überdeckt, kehrte er in die Kabine zurück. Eines der beiden Mädchen lag noch immer auf dem Bett, dermaßen zugedröhnt, dass es ihn nicht einmal gehört hatte. Wie hatte sie gesagt, dass sie hieß? Und hatte er das geträumt, oder hatte er sie irgendwann in der Nacht tatsächlich alle beide in seinem Bett vorgefunden, sie und ihre Freundin? Sie war nackt, und Wassili hielt einen Moment inne, um diesen perfekt geformten athletischen Hintern zu betrachten, die langen muskulösen Beine, die er mit seiner Zunge von den Zehenspitzen bis zum Leistenansatz am Oberschenkel abgemessen hatte, wo er am Ende des Regenbogens den Goldenen Topf gefunden hatte.

Er ging wieder die Stufen hoch auf die Brücke und schirmte die Augen gegen die Sonne ab. Niemand war am Steuerrad, die Jacht schaukelte sorglos an dem Ort, an dem sie die Nacht zuvor geankert hatten, weit draußen, wo sie ihre Fete fortsetzen konnten, vor indiskreten Blicken geschützt. Es war fast zwei Uhr nachmittags, Zeit, wieder reinzufahren, denn in Kürze würde er seinen Magen mit einem gediegenen Mahl bei Mantel oder bei Sea Sens besänftigen müssen. Er ging wieder unter Deck und öffnete die Tür der anderen Kajüte. Es roch nach Sex und abgestandener Luft. Boris Nesterowitsch protestierte mit einem Brummton, das andere Mädchen rührte sich nicht. Wassili hob das Laken, um zu prüfen, ob ihr Hintern mit dem der Freundin mithalten konnte, und er war tatsächlich nicht schlecht, nein, alles andere als schlecht. Er ließ den Blick den Rücken hochgleiten, bis zu den Haaren, die über die Schultern fielen, zu einer eintätowierten Schildkröte, die er am Vorabend übersehen hatte. Er dachte, dass auch die Haut blasser war als in seiner Erinnerung, nicht nur am Gesäß, wo vielleicht nie die Sonne hingekommen war, sondern auch an Beinen und Rücken.

»Beweg dich, Boris. Es ist zwei, ich will reinfahren und Mittag essen.«

»Hmmm«, knurrte sein Gegenüber. »Warum so eilig?«

»Und heute Abend um sieben ist diese Ausstellungseröffnung.«

»Nehmen wir sie mit?«

»Wen?«

»Die Mädchen?«

»Bist du bescheuert?! Wir bezahlen sie und schicken sie weg, wie üblich.«

Boris betrachtete das Mädchen, das neben ihm lag, den Kopf im Kissen vergraben. »Schade«, sagte er, »sie hatte Klasse.« Er wälzte sich auf die Seite, um sich an ihren warmen Rücken und den Hintern zu schmiegen, er umfing sie mit einem Arm, zog ihn aber erschrocken zurück. Sie war eiskalt, und er wusste sofort, dass er eine Leiche umarmt hatte.

Marco Luciani und Alessandro

»Was meinst du, wer ist der Mörder?«

»Ich meine, es ist der Matrose.«

»Warum?«

»Weil neben der Leiche ein Knopf liegt, und an seiner Jacke fehlt einer.«

»Hä?! Ach komm, das ist doch nicht derselbe Knopf! Siehst du das nicht? Der ist schwarz und dieser hier weiß!«

»Hmm ... Oje, ich fürchte, du hast recht, Ale.«

»Ich weiß, wer's war.«

»Ja? Lass hören.«

Der kleine Alessandro betrachtete ihn und lächelte stolz: »Das Zimmermädchen war's. Schau, sie hat die Schleife eines Zopfs verloren, sie ist neben die Leiche gefallen!«

Marco Luciani riss die Augen auf: »Wie? Was? Zeig her!« Er hob die Rätselzeitung an seine Nase und tat, als würde er aufmerksam den Comic mit den Fällen des kahlköpfigen Kommissars studieren.

»Weißt du, dass du recht hast? Das hatte ich gar nicht bemerkt. Aber hat Crapapelata das auch entdeckt?«

»Gattamelata.«

»Okay, wie heißt er? Gattamielata?«

»Pfff, Gatta*me*lata! Ist das so schwierig?«

Marco Luciani seufzte. »Uff, du bist vielleicht spitzfindig.«

»Man muss spitzfindig sein, wenn man den Täter überführen will. Zum Glück bist du kein Kommissar mehr.«

»Ja, zum Glück«, antwortete der Vater.

»Hast du eigentlich jemals einen Täter überführt?«

»He, he, mein Junge. Bleib mal auf dem Teppich. So redet man nicht mit deinem Vater.« Ale schaute ihm direkt in die Augen. »Komm, hast du jemals einen Mörder überführt?«

»Im Rätselheft oder im richtigen Leben?«

»Im richtigen Leben.«

Marco Luciani betrachtete seinen Sohn. Zuerst wollte er weiter den Tollpatsch spielen, doch dann dachte er, dass ein Vater sich vor seinen Kindern weder aufplustern sollte noch klein machen, sondern schlichtweg die Wahrheit sagen. Vor allem, wenn diese sie glücklich machen und einen positiven Nachahmungseffekt bewirken kann.

»Ich habe sie alle überführt, Ale. Ich habe sie immer alle erwischt.«

Dem Jungen fiel die Kinnlade herunter. »Wirklich?!«

»Wirklich«, sagte Luciani, wobei er sich eine Hand auf die Brust und zwei Finger auf die Lippen legte.

»Und warum tust du es nicht mehr?«

»Weil der Kommissar Pappapelata hier …«

»Gattamelata!«

»Na ja, dein Grattavelata, der ist von Anfang bis Ende seiner Ermittlung alleine und entspannt, der hat keinen, der ihm sagt, was er tun und lassen soll. Bei mir dagegen kamen Hinz und Kunz angelaufen und sagten mir, was ich zu machen hätte. Während sie selbst keinen Finger rührten oder nur Schaden anrichteten.«

Alessandro schaute ihn erstaunt an.

»Vergiss es, Ale. Willst du die Punktzeichnungen machen?«

»Neee, das ist doch was für Babys.«

»Und ›Finde den Unterschied‹?«

»Neee, das ist langweilig. Ich hab Hunger. Bekomme ich was Süßes?«

Marco Luciani nickte.

»Ich mache dir einen Vorschlag. Zieh die Badehose an, wir holen die Fahrräder und fahren an den Strand. Da kannst du ein Eis essen.«

»Jippieee!«

Sie waren auf der Türschwelle, als sein Handy klingelte. Er kontrollierte das Display: Alice rief an. Er schloss die Tür hinter sich und ließ es weiter läuten, allein in der leeren Wohnung.

Am Strand von Barceloneta wimmelte es nur so von Leuten, obwohl Werktag war.

»Bist du sicher, dass deine Kumpels hier sind? Ich sehe keinen.«

»Normalerweise sind sie da.«

»Lass uns weitergehen.«

»Halt, nimm mich auf deine Schultern. Ich schaue mich um.«

Er zog die Sandalen aus, und Marco Luciani hob ihn hoch, um ihn sich auf die Schultern zu setzen, doch Ale sagte: »Nein, so«, und stellte sich aufrecht hin.

»Ale, bist du verrückt? Komm runter.«

»Keine Sorge, ist nicht hoch.«

Luciani umklammerte die Oberschenkel seines Sohnes, wobei er zitterte bei dem Gedanken, wie hoch es da oben sein musste. Es war jedes Mal ein Kampf: Er, der nicht schwindelfrei war, während Ale nur darauf wartete, überall hochzukraxeln. Von wem er das hatte, war sonnenklar. Seine Mutter versuchte sicher auch gerade, die Gipfel irgendeines Konzerns zu erstürmen oder auf der sozialen Leiter eine weitere Sprosse zu nehmen.

»Da sind sie! Ich habe sie gesehen, sie bauen ein Kastell. Gehen wir!«, schrie Ale und stürzte sich in die Tiefe, während Marco Luciani in Schockstarre verfiel.

»Die Sandalen, Ale.« Das Kind war jedoch schon zu seinen Freunden gerannt. Marco Luciani hob die Sandalen und den Kescher auf, schulterte die Tasche mit den Badetüchern, der Ersatzbadehose, dem Ball und den Sandförmchen und kämpfte sich durch das Gewusel, um seinem Sohn zu folgen.

Wassili und Boris

»Steh auf!«

Das Mädchen schreckte hoch, plötzlich hellwach, als ob irgendetwas ihr offenbart hätte, dass sie dem Kommando besser gehorchte.

Sie schlug die Augen auf und sah neben dem Bett Wassili, den Eigentümer der Jacht, der sie vorwurfsvoll anblickte. Boris stand in der Türöffnung und betrachtete sie halb verloren, halb lüstern. Ihr wurde bewusst, dass sie splitternackt war, sie griff mit einer Hand nach dem Laken und bedeckte sich damit.

»Zieh dich an und komm rüber«, sagte Wassili auf Russisch, »es ist ein Unglück geschehen.«

»Kannst du ihr nicht irgendwas geben, damit sie aufhört zu flennen? Das geht schon eine Stunde so.«

»Was zum Henker soll ich ihr denn geben? Ihre beste Freundin ist tot. Lass sie flennen, in der Zwischenzeit entscheiden wir, was zu tun ist.«

»Ich kann mich nicht konzentrieren, wenn sie dauernd schluchzt.«

Wassili erhob sich, schenkte ein Gläschen Wodka ein und reichte es dem Mädchen. »Trink das.«

Sie hob die Hände. »Ich will nicht.«

»Trink es. Es wird dir guttun. Du musst dich beruhigen.«

Sie gehorchte. Der Alkohol wanderte hinab in ihren Magen, wo er Feuer zu fangen schien, dann stieg die Hitze durch ihren

Körper hinauf bis zu den Schläfen, in denen der Herzschlag wie eine Trommel pochte, und ließ sie für einen Moment zur Ruhe kommen.

»Was machen wir also?«

Die drei sahen einander an. Nach Wassili hatten sich auch die beiden anderen erbrochen, und nun waren sie blass wie die Leiche, die noch unten in der Kajüte lag, verborgen unter einem Laken.

»Warum können wir nicht die Polizei rufen? Sie werden einsehen, dass es ein Unfall war«, sagte sie.

»Die Polizei rufen bedeutet, dass wir verhaftet werden. Unter Mordanklage. Mit einem guten Anwalt kriegen wir es vielleicht hin, dass man uns nur anlastet, die Drogen beschafft und keine Erste Hilfe bei deiner Freundin geleistet zu haben. Wir riskieren ein paar schöne Jahre Knast, und einen Skandal wird es sofort geben. Alle Zeitungen und Fernsehsender werden über uns berichten. Und das Internet. Meine Frau wartet nur auf so eine Gelegenheit, um die Scheidung einzureichen und mir die Schuld zuzuschieben. Das würde mich Millionen Dollar kosten. Und du, Boris, bist auf Bewährung auf freiem Fuß. Wenn sie dich erwischen, landest du diesmal sicher im Knast.«

»Aber ich habe gar nichts gemacht«, versuchte das Mädchen einzuwenden.

»Du bist eine Prostituierte. Du wirst als solche in die Kartei aufgenommen werden, für den Rest deines Lebens.«

»Ich bin keine Prostituierte!«

»Ach nein? Wenn ich mich recht erinnere, hatten wir uns über den Tarif geeinigt. Was wird deine Familie denken? Und deine Freunde? Wenn sie erst einmal herausbekommen, dass du eine Nutte bist, wirst du Nutte bleiben, und basta. Glaub mir. Die Männer werden dich nie wieder als ein anständiges Mädchen ansehen, du wirst keine normale Arbeit finden und auch keinen Ehemann. Du wirst es dein ganzes Leben lang tun müssen.«

Die Tränen, die für einige Minuten versiegt waren, liefen dem Mädchen wieder in Strömen über die Wangen.

»Das heißt?«, jammerte sie, »was wollt ihr also machen?«

»Wir haben nur eine Möglichkeit. Wir versenken die Leiche hier draußen im Meer. Dann kehren wir ans Festland zurück, setzen dich an einer abgelegenen Stelle ab, und Boris und ich fahren zurück in den Hafen. Wir haben uns nie gesehen, nie kennengelernt.«

»Gestern Abend haben uns doch eine Menge Leute auf eurer Jacht gesehen.«

»Sie hat recht«, sagte Boris.

»Ja, einverstanden, wir haben uns gestern Abend getroffen, haben etwas zusammen getrunken, und zu einer bestimmten Zeit seid ihr gegangen, und wir haben abgelegt.«

»Alleine?«

»Alleine.«

»Das wird keiner glauben.«

Wassili dachte noch eine Weile nach.

»Zuallererst werden wir erklären müssen, wie sie gestorben ist«, mischte Boris sich ein.

Sein Gegenüber packte ihn am Hemdkragen: »Wer sagt denn, dass sie tot ist?«, schrie er. »Wer zum Geier hat gesagt, dass sie tot ist? Sie ist verschwunden, und fertig. Verschwunden. Abgehauen. Niemand behauptet, sie sei tot.«

Boris öffnete abwehrend die Hände und schloss die Augen. Der Mundgeruch seines Freundes war eine Zumutung.

»Entschuldige. Du hast recht. Was sollen wir also erzählen?«

Wassili dachte angestrengt nach. »Wir fahren nach Cannes zurück. Als ob alles in schönster Ordnung wäre. Nichts ist passiert. Niemand wird irgendwelche Fragen stellen. Und selbst wenn es passieren sollte, werden wir sagen, dass beide von Bord gegangen sind. Und du wirst es bestätigen. Es wird Zeit vergangen sein, wer soll sich da schon erinnern? Wohnt ihr zusammen?«

»Nein.«

»Umso besser. Jede ist für sich an Land und nach Hause gegangen. Und dann hast du nie wieder etwas von ihr gehört. Ebenso wenig wie wir.«